廚房涼涼
在書房燒煮日常

Kitchen Freestyle:
a Dish on Life

吳柳蓓

名家推薦（依姓氏筆畫序）

以感性指尖靜默畫過心靈微塵：一個跨國界者日常時光水岸邊的湖濱散記。

——資深編輯　丁名慶

彷彿看見吳柳蓓在咀嚼自己，這一口咬得香，那一口酸辣，還有一口口的甜鹹雜陳。她大方分享滋味，不言說的了然潛於心底。

——中華日報副刊主編　羊憶玫

撇除我跟柳蓓是在地親戚的這層關係不談，我所認識的她是一位對生活有熱情、對文字有堅持、對生命有想法的人，從她的字裡行間輕易的讀出老靈魂天真活潑的跟這個社會打交道，有時沉穩得像看透世事的白髮老翁，又不時的跟七歲小童較量孩子氣。她的眼光她的歷練她的生活體驗，都詳實記錄在這本書裡了，請讀者與我一起閱讀柳蓓既詼諧又幽默，同時帶點ㄎㄧㄤ的心靈激湯文，笑笑鬧鬧一本書的時間。

——詩人・散文 吳晟

這是一本跟讀者直球對決的散文集。自認不再「文青」的吳柳蓓褪去了華麗文字外衣，在加州陽光下恣意書寫生活的氣味，童年的滋味，嫁給工程師的婚後趣味，與台婦居美的異國風味。我喜歡像柳蓓這樣真實自在、不尚扮演的散文家，也期盼這本書能召喚出更多「球來就打」的讀者。

——淡江大學中文系助理教授 楊宗翰

用平實無華的文字，寫台美一段相守，有文化上的拔河，也有生活裡的互虧，那字字句句，全都是愛。

——知名作家・編劇 劉中薇

古人說「以文會友」，我和柳蓓小姐就是這樣的緣分，她在網路上找到了我，問我她要出本書，我願意不願意為她推薦，連出版社都吃驚你們以前都不認識嗎？我想說的是：君子之交淡如水，人與人之間或許重要的不是有沒有見過面，而是有沒有彼此欣賞的心，謝謝柳蓓小姐因為欣賞我，讓我有機會對她的作品先睹為快，洗練的文字，字裡行間都有意思，台灣人的異國生活日常，故事在平凡中卻見偉大。

由於因緣際會，我的人生大轉彎，每天行程滿滿，最近要抽出時間看書真是個挑戰，但柳蓓小姐的作品，我在行程間的空檔看完了，其中有一段文字是這樣的，「人生最大的束縛不只是有形的坐牢更是無形的身不由己。長長一輩子中，女人隨著不同階段扮演各類角色，當爸媽的女兒，當婆家的媳婦，當老公的妻子，生了小孩當媽媽，小孩長大結婚生子當婆婆當岳母當奶奶當外婆，終其一生周旋在這些角色中受盡束縛。那些束縛都是責任都是牽掛，縱然想擺脫一日求個短暫解脫也絕無可能，因為束縛從心而生，只要還活著，還有氣息，心就像聚惡盆，分分秒秒不停的生出煩惱，源源不絕。」同樣身為女性，也同樣經歷著以上的過程，每個不足為外人道的甘苦，女性同胞或許都會像我一樣對這段話有感觸。

有機會我想和更多的女性朋友一起聊聊更多關於人生的話題，女人的人生常像一杯水，苦的時候喝覺得苦，幸福的時候喝覺得甜，也邀請大家看看這本書，看看我推薦的這本與作者萍水相逢的著作，因為每個人在看完這本書後都會找到部分和你有共鳴之處，我這樣相信。

——永齡慈善暨教育基金會執行長　**劉宥彤**

柳蓓書寫生活體驗，總是在平凡處而內蘊深意，平靜的關照世情而穿梭著款款動人的情意，映照出生命的智慧與體悟。

——明道大學媽祖文化學院主任　**謝瑞隆**

推薦序

煮字廚娘的浪漫與日常

靜宜大學台灣文學系副教授　黃文成

那年，跟柳蓓最後一次的對話內容跟她家鄉某一佛寺的地藏法會有關，當時她邀請我一同參與法會並且小額捐款。當下，我應該有答應吧。之後不久，她便消失了（不是捲款而逃），過了好久我才意會到柳蓓消失得很徹底，幾乎從我的世界完整抹去。我要說的是，柳蓓的存在與消失，對我來說都是一件非常自然的事，她的個性就是如此安靜，也無比良善。

那時，她總說她不結婚，是不婚主義者，對愛情沒有憧憬，誰知她不但嫁了人，還嫁到遠方國度。本以為她有多方考量，但她其實只是順著因緣成為人妻。是傻嗎？還是不害怕？與其說她這個人憨傻，不如說她是一個心思極為單純善良的人，才會一個人嫁到遠方，讓自己的人生方程式乾坤大扭轉。對她而言，移居到一個全然陌生的國度並沒有讓她起太多漣漪與掙扎，若是有，感覺不過是像吃了一鍋麻辣鍋那樣簡單與自其得樂。

她的在與不在，並不支配著柳蓓這個人在我心中的存在與否，直到她的《加州走台步》等書出版，我才意識到，她真的離開我的生活圈很久很久了。再更後來，臉書出現一個帳號主動密我，從一張側身背影照片中，我知道是柳蓓，她透過訊息問我一位女性友人的狀況，這個女性友人的精神向度一直處在極度低落的狀態。這一個輕輕的問候，說明我跟她之間不需太多太濃烈的寒暄與問候，彼此的頻率瞬間就能接上。她的消失與出現，對我而言竟是如此自然，時間的流轉，在我們之間沒有形成扞格與陌生。也許，生命的交疊、分岔、內與外，本就充滿空白，柳蓓之於我，始終如此。

盤點柳蓓近來的寫作成績甚是可觀，二〇一〇年出版《移動的裙襬》後，陸續再出版《沒有門牌號碼的國度》、《租借日記》及《加州走台步》等書，空間的跨度從台灣到寮國，從亞洲到北美洲，空間移動的廣度墊高了柳蓓書寫的高度，寫作風格蛻去年輕時的文青語句，呈現出屬於她生命裡的獨樹一幟。這種生命書寫的成熟度隱隱約約接上台灣女性書寫的重要脈絡。近年，女性書寫的空間移動與異地國度身影，似乎成為一個時代感的風氣，前行者有三毛寫下了難以超越的浪漫文風，繼之者有鍾文音的世界浪遊，後來的李欣倫在印度找尋新的生命軌跡，現在則有柳蓓的泰寮行旅，以及旅居北美成為人婦的生命敘事。她們各自生命狀態不同，但彼此生命裡那種或強烈或幽微的浪漫性格，在不同的時間向度，在各自的文字裡散漫開來。

我原以為外表極為馴化的柳蓓，是膽小且安於舒適圈的，但她竟然可以讓自己生命中的移動能量緩緩的勃發，安穩且篤定的接受這迥然不同的環境讓人刮目相看。生命的空間移轉至她的字裡行間，強烈感受到她在生活中，已然找到真實且美好的節奏，一字不落的反映在《廚房涼涼．在書房燒煮日常》的文字肌理中。

柳蓓的文字一向少有大開大闔的情緒展演，卻可以寫下很細密的情感與溫度。成為異國人妻的柳蓓，並未以擅長的感性文字寫下異地鄉愁，更多的是當下生活的真實。也或許，強烈的鄉愁難以言說，那麼靜靜的存在心裡，就好。柳蓓現今的文字樣貌感性依舊，卻比以往更為理性與節制，那樣的文字較諸過往，顯得相當不同，具體而樸實，更顯柳蓓現下的文風，一種屬於她個人書寫高度的展現。《廚房涼涼．在書房燒煮日常》蛻去年少時的華麗風，轉為自述平日觀察與他者的關係，如夫妻（兩性）關係、旅行意義、人際關係重新定錨。脫去文青氣習的柳蓓，書寫兩國文化異同與日常生活觀察紀錄，「真實表述」與「多向思索」是其書寫的價值核心，文學家的日常，不就是如此罷了。

《廚房涼涼．在書房燒煮日常》收錄的篇章反映柳蓓此時此刻的生命面貌，這時的她比起年輕時多一份安穩，也許嫁到異地對她而言正是命運最好的安排。這種「一切都是最好的安排」的堅定信念，讓她的生命底色有一種安穩的氣質，也因此她的文字鮮少表現出驚奇、驚恐，亦或是複雜的生命情境。十年時光過去了，重新與她的文字相遇有一種恍如隔世的感受卻又覺得一切如舊。很高興她的人生有了美好選擇依舊不忘文學初衷，繼續寫著，用她溫暖而細密的文字安撫心靈，療癒悲傷。話說回來，儘管現在的她是名不稱職的廚娘，但誰敢保證，假以時日，柳蓓不會變身成一名大廚，支配著你我的味蕾想像。

目次

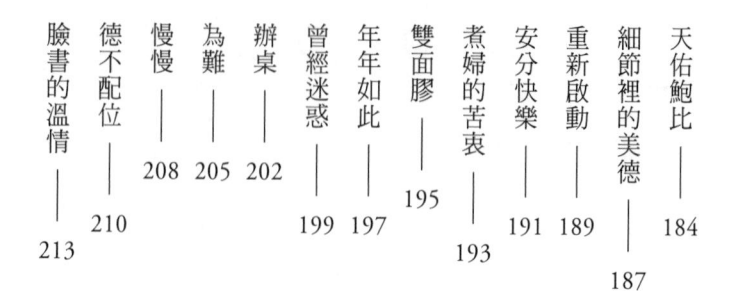

輯三 旅行中的眼耳鼻舌身意

輯一

台式心靈激湯

因為我媽生很多

我的母親是一個不擅交際且拙於言詞的婦人，平時往來的對象大都是自家人，還有一些親疏不一、略帶微薄血源關係的左鄰右舍，朋友欄位空白。許是受母親影響，我的手足隨著年紀增長，在交友這條路上逐漸與母親同路，一直到很後來才明白自己對人情酬酢之不熱衷全因為母親很會生的關係。母親給了我一個哥哥、一個姊姊、一個弟弟，男的女的長的幼的都有了，有困難找哥哥解決，有心事找姊姊訴苦，雜事有弟弟可供差遣，日常生活盡如人意，於是乎，朋友成了青春期解悶的暫時夥伴，叛逆的歲月，兄弟姊妹再怎麼親暱，總不能在彼此面前暢譙三字經，譙來譙去還是譙到自己的娘不是。叛逆期過去，手足回到成熟，朋友從第一順位退至親情的外圍，夜深人靜偶然記起那票曾經上山下海的摯友，都是雲煙。

婚後在美生活，驟然脫離熟悉的生活圈，先生心有愧疚，努力幫我重建朋友圈，週末積極安排出遊，舉凡烤肉、登山、看電影、**road trip**，任何能夠「集友」的活動照單全收。一年兩年過去，我們都乏了，他是老狗再也變不出新把戲，我是靈魂老了，老到懶得出門懶得說話，只想安安靜靜待著，等待陽光冉冉升起，通訊軟體傳來家人的問候鈴聲。坦白說，我與先生的性情互補，好惡也挺相像的，唯有交友這一塊特別極端，他喜歡揪眾打球、烤肉、看球賽，婚前每年聖誕節與朋友飛到賭城「小賭怡情」七天，直到盤纏輸盡。因此他看不慣我的孤僻，息交絕遊最嚴重的時期是來美的第三年，幾乎足不出戶，朋友來電預約帶我出門逛街，先生再三道謝，我卻躲在電話後面用唇語暗示先生我「明天」會肚子痛。掛上電話，先生坐回沙發生悶氣，我回到電腦前瀏覽綜藝節目，醞釀了一句「看沈玉琳耍寶還比較有趣」的腹語來。

所幸，我們都沒有逼人就範的性格，我更討厭被束縛被規定，精神折磨遠比肉體勞累來得痛苦萬分。他雖不逼我，卻不得不陪我一起鎖在家裡，你看我我看你，兩相無語。不愛社交的後遺症是朋友逐漸遠離，原本興致勃勃的友人吃了無數次閉門羹之後喪失熱情，邀約電話不再，我正的反的都無所謂，先生則是了無生氣，從一個愛社交的中年男子變成沉默少言的沙發馬鈴薯，我看在眼裡十分心疼也無可奈何。某一天週末早上醒來，七點鐘不到，看見先生像一塊陳年老年糕黏在沙發上幾乎與之融為一體，我才驚覺事態嚴重，再不改變恐有失能之虞。從那天起，我一點一滴收拾自己的慣性，主動邀約一兩個不離不棄的友人來家裡吃飯。先生感激涕零我的改變，沒想到順著我的任性最後也解了他自己的局。逼迫是一把雙面斧，砍了對方生路也斬了自己的活路，中文能力挺差的先生竟也能明白古人所說的庖丁解牛游刃有餘的箇中真理。

更後來我才了解先生如此重視友情是因為十五歲隻身來美，唯一的哥哥在台灣，十五歲以後只有朋友分憂解勞，對他而言，朋友的重要性某程度而言凌駕手足之上。不過那種情感我不懂，因為我媽生很多。

天生糊塗

三個月前的某一天早上醒來，眼皮仍重，但是大腦已經醒得像外頭的天光，亮晃晃的，我暗嘆一口氣，在心中下了決定，就從今天開始吧。披了薄外套下樓，對面鄰居的窗戶還緊掩著，從冰箱拿出麵包進烤箱，等待的時間煮了一杯拿鐵，再花二十分鐘將早餐吃完。簡單收拾碗盤打開櫃子取出一個月前買的銀杏挖出兩顆，配著幾口溫開水吞了。凌空傳來一道「終於輪到妳了」的聲音。

有人說金魚一生無愛，因為牠們的記憶只有七秒，儘管曾經擦身曖昧，轉身的瞬間彷如上輩子。我的記憶比金魚好一些，但也沒好到哪裡去，以人類複雜又精密的腦組織而言，我的記憶體屬重度瑕疵，鑄造之初就要淘汰卻被組裝成型，光陰飛逝，肉身不斷長大，記憶體還是當初那塊短路的記憶體，原本按部就班的人生都被拖累了。

如果說這輩子有什麼作為可以攤在檯面上供人品評的，大概只剩寫作，除了寫作這事兒做得較為圓滿，日常生活中或重要或尋常之事，我皆有機會搞砸，而且機率不低。除了記性差，辦事邏輯一樣讓人瞠目結舌，說穿了，我就是一個沒記性，辦事不牢的糊塗蟲，一輩子要能夠做好一件事就是佛祖下凡保佑了。寫到這個邊上，突然頓悟先生同意不要孩子的原因，他早看穿，我這種人一旦生兒育女，牽涉到的可是孩子的生死，被我意外丟包的機會大概比台北一〇一還要高。

有一年先生的阿姨們為了增溫親戚間的情感，舉辦日月潭三天兩夜的家族旅行，出發前幾天交代我將身分證字號以及先生的護照號碼傳真到保險公司以利團保作業，我連聲應好，心想如此簡單任務三歲小孩都能完成。三天後，阿姨來電，保險公司表示未收到傳真資料，經過雙方仔細推敲發現我只寫了兩組號碼沒寫名字，那張傳真紙早進了資源回收桶，轉世投胎去了。蠢事發生，先生一貫沒有責備，大概是想只要我沒把自己搞丟，其他事都不算太嚴重。當然，跟我生活在一起，他已當看破紅塵，就如浪裡的一葉扁舟，有時乘風破浪，有時隨波逐流，罷矣。

日前的某中午心血來潮，獨自散步到住家附近的餐館用餐，一時貪心多點了幾道，只好喚來服務生打包，打算拎回家給先生當晚餐。兩大袋的剩菜提在手上，回程途中經過一間超市，乍想起家裡蘋果沒有了，於是繞進超市買了一袋水果，結帳後又拐進超市旁的飲料店買了一杯珍珠奶茶解饞，最後心滿意足回家。晚上，先生下班回家，我賢慧地進廚房準備晚餐，打開冰箱發現兩袋剩菜不翼而飛，循著殘存記憶拼拼湊湊有了不太確定的畫面，其中一袋好像遺落在超市的結帳櫃台，另外一袋也許是在飲料店的收銀櫃台前。先生聽完來龍去脈默默起身進廚房煮了兩碗烏龍麵，我深感抱歉又不免覺得委屈，天生記憶如此，也是萬般無奈。

就在我吃下銀杏的那一天，我便向天祈求，不期望記憶可以回逆，但求減緩失憶速度，還有減少那些因壞記性而衍生的荒唐事。

蒐集金牛的習慣

從來不是一個迷信星座的人，但是對於身邊金牛座的朋友們，總是有一股複雜且說不具體的情結，又愛又怨，有時恨得牙癢癢有時又心悅誠服。又愛又怨，指的是自己的父親，父親還在世的時候，一旦執拗起來，天皇老子都要妥協。嫁作人婦之後，某天閒來無事查閱了家人的星象，意外發現我的家人竟有蒐集金牛的習慣！這幾頭牛的共同特徵是硬，不是客家人說的硬（頸），牛性子一起，打死不退。他們還有堅不可摧的生活信仰，不容破壞，看在其他人眼裡，單純只是一種個人習慣或癖好，跟忠孝仁愛信義和平那種大情操完全無法相提並論。

我爸是台灣光復後出生的老金牛，愛家顧家忠心耿耿，卻不幸染有「日本人沒走光」的大男人性格，一家之內，唯我獨尊，稍有不順意張口即罵，幸好當年不時興被離婚，否則依我爸出名的火爆脾氣，許是覓不到第二春。我媽息事寧人的態度讓我爸的牛脾氣日益坐大，只好眼一隻眼閉一隻眼含淚過下去。我哥三十四歲結婚，據他當年形容嫂嫂是三千弱水裡的那一瓢，娶到她是上輩子蓋廟捐龍柱的功德。嫂嫂小哥哥五歲，金牛女，跟我爸一個樣，愛家顧家忠心耿耿，而且特別愛乾淨，地上的頭髮彷佛情人眼裡容不下的一顆沙，任誰牴觸到嫂嫂整潔的原則，還是舉白旗投降，可見金牛女的硬，硬是了得。

至於姊姊，生平無大志，成年之後只想找一個好男人結婚生子當一輩子家庭主婦，對於事業，完全不在規畫之中。姊姊二十六歲那年，姑姑為她媒合了一名金牛男，金牛男性格沉穩不愛說話，表面上容易相處，卻有一股隱而不顯的大男人主義，姊姊花了兩年才摸透姊夫性情，也算吃了一頓牛苦頭。比如吃飯，姊姊得起身幫姊夫盛飯，假日得準備姊夫最愛的漢堡和綠茶，另外，姊夫的起床氣很重，一時不察會業力引爆遭賞幾顆白眼而且不能翻回去。至於我弟，根據小道消息得知目前正與一名金牛女交往中，每星期新竹、台中兩地奔波，而且奔得相當起勁。我本以為他「學人精」，看大家手裡都牽著一頭牛，心癢難耐，遂也找了一頭牛來過過癮，沒想到我弟竟說，誰會那麼無聊看星座。那就對了，我家真的有蒐集金牛的習慣（注：我弟已與台中金牛女結婚）。

至於我家那頭牛，他有一顆世界上最脆弱的玻璃心，任何人都不能辱罵他，別說辱罵，一丁點責備都不行，否則他會用牛角火拚，甚至不惜將「離婚」、「離職」、「離家」搬出來，而且是真槍實彈上演，不只是口頭發射而已。結婚七年多，我早探得他的底線，原則被牴觸，他的牛性就會大發而且六親不認，十架飛機都拉不回。

奉勸身邊有金牛人的讀友們，請擅自珍重。

偽單身的季節

每年九月到隔年二月是美式足球季，五個月說短不短說長不長，對我來說，五個月足以寫完一本書，對先生來說，他恨不得一整年都是足球季。足球賽開打，我便默默退居次位，讓他安心看球賽，隨心所欲對敵隊飆髒話，完全不用理會老婆的生心理需求。寫到這裡，突然想起達拉斯牛仔隊（Cowboys）已經連勝二場，這星期是關鍵，這意味著我必須擬好採購計畫，太重的食材和水果，如牛奶、鳳梨、西瓜得請他在球賽前一天載我到超市買妥，畢竟那些食材加起來的重量大概與我的體重一般無二，非我一介文青煮婦扛得起。

不少朋友簽了婚前協議書，內容與財產分配有關，二婚的富二代男性友人為了防止未婚妻覬覦財產，在協議書上與對方畫清界線，錢是錢、婚姻是婚姻，二碼子事不可摻雜，女人愛昏頭也就簽了。簽婚前協議書在美國稀鬆平常，條件公平與否兩人有共識即可，先生定居美國近四十年，坐四望五才結婚，恨不得把身家財產渡讓給我以表真心，因此，到目前為止，我們尚未有財務上的矛盾。先生給我幾張信用卡和固定現金，無奈我的物慾極低，先生只好不間斷贈送昂貴的電子產品彌補我對高價服飾包款的視若無睹。寫了這麼多，其實只是為了接下來的第三段、第四段，如果沒有這一段的幸福鋪陳，我擔心家人讀到此篇會隔空朝他丟青菜蘿蔔，畢竟他當初信誓旦旦絕對不讓我受委屈（咳）。

結婚的前一天，先生謹慎的拉著我說話，我以為他要坦承未婚生小孩或是在外欠一屁股債，沒想到他這樣說：「蓓蓓，每年九月到隔年的二月是美式足球的季節，家家戶戶都在看足球，這是美國人最看重的事，所以星期天妳就做自己的事，千萬不要來打擾我，就當作妳未婚，我是妳的陌生室友，如果我在客廳鬼吼鬼叫，看妳要洗耳朵還戴耳塞都行。」聽他說完，我吃吃發笑，以為他在唬我，萬萬沒想到他說的全發生了，而且分毫不差。

當達拉斯牛仔隊（Cowboys）與舊金山四九人隊（49ers）殺紅了眼，比數拉不開之際，我突然想到一件要緊的事喊了他一聲，沒反應，再喊一聲，凌空傳來一句爆怒的聲音，「別吵！」我嚇了一跳，從廚房提了一把菜刀到客廳探究竟，沒想到他臉色鐵青，雙拳緊握，站在電視機前像站在現場指揮的臭臉教練準備把犯錯的隊員扔進焚化爐。那是婚後第一次見他如此生硬冷面，與平日溫和的他大相逕庭，當下我便明白自己嫁給了一個足球狂人，我的地位那瞬間陡降，一把冷風吹歪了我的臉。

結婚六年來，我們的默契已經很足，我習慣在足球季的星期日當一名偽單身，細工、司機、女傭一肩挑，他只管牛仔隊贏得漂亮與否，若輸，輸得是否有理，賽後分析也從不錯過。我隨他了，反正五個月一眨眼就過，人生總是有鬆有緊，有樂有怨，湊合湊合也就把日子過了。

頂客族的「愛」

Double income no kids。

二〇一七年初，四名好友陸續懷孕，年底分別產下健康漂亮的女寶包，不管是產前的西式 baby shower party 還是產後的中式百日宴，我和先生都有幸參與，也在活動中感受到新手爸媽睡眠不足的煎熬以及初為父母的甘甜。這群朋友求子過程有順利、有曲折，不管如何，終究生下自己的骨肉，一圓當爸媽的夢想。

不記得哪位朋友說過，美國的生活環境很適合生養小孩，不生的人多可惜。朋友指的是美國地大物博，多元族群共存，小孩生下來就注定站在世界的屋脊，眼界不同一般。朋友的說法不無道理，卻忽略了最基礎的生存問題，比如大人對新生活的適應和融入，孩子成長過程的自我認同和文化調適。簡單的說，一旦決定生小孩，就得認清往後一二十年的責任和義務，生活沒有一刻得閒，也不敢偷閒，一直到孩子成年脫離羽翼，空巢期的父母才能稍事喘口氣，釐清晚年要返台養老還是留下來陪伴兒孫。

去年十月的某天早上，我一如往常躺在床上發呆，那天的發呆有點冗長，像無止盡的放空，雖不至渙散，倒也像精神的褲帶鬆弛了，嘴角淌出了一條口水在枕頭上渾然未覺。然後我聽見樓下車輪壓過落葉果子的聲音，嗶嗶剝剝響的，那道聲音瞬間拉緊我的腦神經，一個前所未有的 idea 鑽入腦海，從床上跳起來奔到客廳找電腦。點開臉書，搜尋「頂客族」三個字，確認北加州灣區（bay area）沒有類似社團才安心，然後起身去廚房倒了一杯水，慢條斯理回到電腦前，一筆一捺建立我的北加州灣區頂客族。晚上，先生回來，迫不及待跟他報告我的「豐功偉業」，他聽完用手探觸我的額頭，確定沒有發燒才坐下來聽我細說從頭。

成立「頂客族」專頁的初衷只是想知道在風光明媚的北加州有多少女性朋友未曾將生養課題納進生命裡，那些與我境遇相似的女生是出於自願還是另有隱情？人生是一連串選擇題，牽動選擇的關鍵往往是第三者而非自己，我更想知道人生究竟有多少不得已，使得那些「不得已」背叛自己真正意念只為成全他人的理想。我很幸運，生養課題未曾困擾我，我實在沒把握養活一隻「會動」的生物，更恐懼與他互相牽制一輩子，先生則是對於育兒毫無想像，面對成群的小孩只會使他躁鬱加恐慌，是一種天生對小孩過敏的男人。因此，成為頂客族一員是非常順理成章的，生活隨心所欲，要荒唐、要懶散、要不負責任，也都只是內耗，無需擔心成為孩子的壞榜樣。

頂客族的女性友人們十分懂得安排生活，在工作、旅行、家庭生活之間游刃有餘。談起生育主題，大部分的成員直言小孩是累贅，只有少數人因為健康狀況不得已才成為頂客族。「不得已」的頂客族朋友內心始終有一份遺憾，她們一方面要說服自己跟遺憾和平共處，另一方面要對抗外來壓力，生命中有好長一段時間在加壓、解壓縮的緊繃日子中度過，苦不堪言。「不得已」成為頂客族的秀秀說，加入社團之後她的生活再也不用附著在有孩子的友人身上，開始懂得愛自己、肯定自己了。先生聽完頂客族的成立初衷，直言我是「做功德」，善哉善哉。

豬隊友實錄

不知什麼開始，夫妻之間有了另一種名稱叫「隊友」，俗話說，好的隊友帶你上天堂，爛的隊友拖你下地獄。進一步解釋，厝內厝外萬事一把罩的另一伴稱為神隊友，老是從成堆家事中脫隊而且越幫越忙的稱為豬隊友。放眼望去，神隊友占少數，是人妻眼中碩果僅存的珍寶，不幸的是，人妻身邊的隊友同時擁有兩種生肖，一種是出生那年就決定的，另外一種是婚後被授與的，特別是有了孩子之後才漸漸發展出來的動物屬性。

男人成為豬隊友的原因通常是小孩，有孩子跟沒孩子的家庭造就仙人與牲口不同層級的事蹟，為了表示誠意，我先來談一談我家隊友檯面下不為人知的「奇人異事」，作為出賣朋友不為人知的「家醜」鋪陳。我與先生頗享受頂客族生活，沒有小孩麻煩事少了七八成，不管是睡覺、洗澡、出門旅行，只需將自己整頓妥當就行，有小孩的家庭出門一趟如臨大敵，吼小孩把鞋穿好就讓人血管爆裂。話說回來，雖然沒有小孩搞砸生活，但是先生年近半百，某些行為不知何故有一種「媽寶」的特徵，讓我這個文青主婦常常咬牙切齒。比如，他習慣週末晚睡，上樓前交代他將宵夜的髒碗盤洗好，水槽記得清理，果屑丟垃圾桶，他應好。隔天早上起床，看見昨夜的碗盤在洗碗機裡立正站好，內心一陣欣慰，下一秒瞥見水槽濾網盛滿食物殘渣，四周黏了乾硬麵條和灑花瓣似的紅辣椒片，垃圾袋裡的果皮發出陣陣餿味，我的理智線一秒斷裂，轉身上樓找元凶捏耳朵。他老兄睡眼惺忪辯解：「喔，我忘記了。」理智線二度斷裂，我跟自己說，不氣不氣，萬一哪天水管養出蟑螂，就幫他加菜吧。

除了「食」之惡習，他老兄還有「衣」的陋習讓人扶額頭。家裡橫豎兩個人，衣服一週洗烘一次，省時省水，可是我家隊友不知濯衣辛苦，早上出門從衣櫃拉出一條短褲穿，中午出門再拉另一條出來穿，晚上出門又去拉一條，我的白眼翻到股溝去，礙於一向有溫良恭儉讓的美德，按下怒火笑問，「為什麼您一天之內要玷汙那麼多條褲子？」他老兄這才回神，「喔，我沒注意到。」當下，我的理智線已經自我了斷，收走椅背上的短褲上樓，人生至此，也算走到修煉的境界了。先生的脫序行為說是豬隊友不如說是退化，簡稱「退化性媽寶」，朋友說我活該如此，對先生款待太周到，以至於讓他忘了婚前上緊發條的生活。我認為朋友的話只對一半，因為男人的單身時光鬆散而美好，那些養蟑螂或是玷汙褲子的行為根本不是問題，問題出在老婆的眼睛，老婆的眼睛通常容不下一顆磨合的沙。

接下來介紹加拿大魁北克人妻，人稱五億太太珊翠珮與隊友之間的育兒角力。話說某一年冬天魁北克下大雪，天寒地凍，珊翠珮的六歲兒子重感冒在家休息，為了餵飽全家人，珊翠珮冒著風雪出外採買，回到家看見重感冒的兒子僅穿一件短上衣躺在地毯上睡覺，身上連個被渣都沒有，而隊友自己卻穿著保暖的高級睡袍窩在電腦前打電動，一副忙碌的模樣。珊翠珮的理智線在〇．〇一秒燒掉，使出吃奶的力氣撲上前毆打隊友，被毆傷的隊友悻悻然說，「有開暖氣，應該不會冷啊。」珊翠珮怒指隊友身上的睡袍，「不冷你穿那麼厚是神經發作嗎？」這句話幾乎喊破她的喉嚨。

隊友是神是豬是運氣問題，大部分的人妻都缺少這份運氣（嘆）。

賣不如贈

先生婚前一直沒有買餐桌，他的說法是，一個人住不需要餐桌，客廳的 coffee table 已經很夠用了。沒有餐桌，空間也沒有省下來，他老兄買了一組十人座的視聽組沙發，剛好填滿客廳與飯廳的空間，放眼望去，如置身影碟包廂，少了家庭的溫馨感。婚後，先生妥協，我們到家具店挑了一組餐桌，四人座的餐桌滿足了我對新婚生活的要求。我們邀請朋友到家裡作客，與閨蜜的私房話，友人的品茗閒談，全在餐桌完成，遂有了進一步的情感交流。套句舊友的話，一個家庭沒有餐桌，成何體統！

那套桌椅陪伴我們六年的時光，去年初，搬到先生公司周邊的城市，新居比原來的舊公寓寬敞不少，因此興起更換餐桌的念頭，沒想到先生大表贊同。我們花了一個月的時間，不辭辛勞奔波各間家具店，總算買到理想的餐桌，新人既已入堂，這下子也該處理舊人了。舊餐桌當年以六百美金購入，我跟先生打包票，在二手版賣個一百美金肯定搶手，拍了幾張照片便登網拍賣了。兩個星期過去，詢問的人出乎意料的少，有興趣的買家對價錢頗有異議，希望我半價出讓。其實一百跟五十對我來說沒有差別，只是內心頗感不捨，如果賤價出售，便是對不起這套桌椅這些年的陪伴。眼看一個月就要過去，我心裡也稍稍急了起來，心猿意馬之際，好友菲比來電，得知餐桌未售，樂得在電話中大叫，「我有一對夫妻朋友需要！」這下子換我樂了，等待終究是值得的，沒料到，菲比第二通來電卻是希望我能將這套桌椅贈送她朋友。

掛上電話，我決定放棄無來由的堅持，立馬跟菲比的朋友聯繫，也約了載運的時間，這樁「買賣」總算有了結果。除了舊餐桌送出，我也跟先生請旨，經他同意，將十人座的視聽沙發組送給了一名剛在矽谷找到工作的年輕人，那組沙發當年以一千多元購入，其中一張沙發常坐些許使用痕跡，其餘皆九成新。要送出去那一天，先生疑似舊情未了，依依不捨目送它離開直到看不見為止。送出這些家具，意在為它們找到適合的承接者，期許它的功用繼續發揮而非計較那幾十元的價差，當然我們更不願意它們被當成大型廢物處理，簡直暴殄天物。

話說回來，菲比的夫妻朋友育有兩名小孩，單靠男主人的薪水在矽谷撐起一家四口異常辛苦，這樣的家庭在舊金山灣區不少，也因此二手版的交易非常熱絡，搬進搬出的人多了，物資流通也成了一種常態。如果我們的餐桌椅和沙發能夠為某一個家庭帶來一點點小小的溫暖，那便是我們當初贈與的初衷了，這一點，我和先生難得從來沒有意見分歧。

資糧麻布袋

四十歲了，十年來走在「修身養性」的路上，心靈清明篤定卻也更加寂寞，不過這種明心見性的寂寞我甘之如飴，不損自得其樂的本事。友人阿莉說有信仰的人不容易憂鬱，因為看透了。是啊，生命的本質是苦，我算是看清了，既然看清了，當知苦從何來；既知苦之根源，萬事也就豁然開朗了。

家人關係、親子的關係、伴侶的關係、友人的關係、上司下屬的關係，全繫在因緣兩個字。既然寫到這個邊上了，只好拿幾個友人的例子佐證一番，否則整篇文章就要流於勸世文讓人昏昏欲睡。率先出場的是古典美人樂飄飄，樂飄飄年輕時談過幾場刻骨銘心的戀愛，每一次都覺得就是他了，可嘆的是，每每總在論及婚嫁前夕莫名妙一拍兩散。三年前，樂飄飄終於找到右邊先生，婚前找了一位專業正派的命理師算緣分，沒想到命理師拍了案頭說，「係正緣、情牽三世。」樂飄飄大喜，立刻著手婚事。婚後半年，樂飄飄突然找我喝下午茶，我們相約在 **Palo alto** 某家咖啡館，她開口第一句話是，「我想離婚！」樂飄飄含淚表示右邊先生婚後變得古怪，婚前呵護有加，婚後愛理不理，時而怒目時而冷淡，她甚至懷疑對方有了外遇。樂飄飄最後找上當初那位命理師算帳，沒想到命理師卻說，「正緣指最痛、最恨、最愛、最絕、最死心踏地的對象。」樂飄飄走出相命館，才明白所謂正緣不是最無懈可擊，也不是最浪漫，而是為了償還宿世情債所做的色誘鋪陳。

無緣不來。

第二個例子來自鮑錦錦。鮑錦錦是我童年一起長大的好鄰居，鮑爸爸在菜市場當臨時工，有工才出勤，沒工就在自家農地種種蔬菜水果，生活普普通通過得去。鮑媽媽是個熱心善良的無證照保母，在自家三合院帶了幾個左鄰右舍的小孩。鮑錦錦對升學沒興趣，高職夜間部畢業對她來說就像取得博士學位一樣不容易。我永遠記得升大二那年接到鮑錦錦的來信說她要結婚了，尪婿是鄰鎮年輕農夫，家裡種稻米的，學歷差她一截，只有國中畢業。十八年過去了，鮑錦錦生了四個小孩，老大在城市上大學，老么小學六年級。十多年過去，唯一不變的是她的尪，愛她疼她呵護她，一如往昔。朋友說，鮑錦錦一定很漂亮，要不就是身材很好。其實鮑錦錦暴牙、塌鼻、大小眼，而且骨架粗大，她最大的優點是個性，跟她相處過的人沒有一個不喜歡她的。

美醜對於因緣沒有「固定」加減分，外貌（皮相）只是因緣的催化劑，是福是禍不一定。個性卻是命運荊棘的剪刀手，如果好壞因緣已定，仍然可以透過個性來扭轉。身段柔軟，縮小自己，日常生活裡點點滴滴的修養看似不起眼，卻有滴水穿石的力量。古典美人樂飄飄向來習慣以自身為主要考量，而鮑錦錦關注的面向始終是大眾，這是個性使然，個性決定命運，也決定一個人福報資糧的麻布袋是大還是小。

把妳的困難交給他

不可諱言，家庭主婦通常有個碎念的通病，然而讓女人碎念的原因不外乎老公的耳朵太硬，小孩的皮太鬆，於是老公欠罵、小孩欠揍的場面天天在各家各戶上演，萬一家裡又養了條狗，狗性跟老公如出一轍，簡直是悲慘世界討生活。上天慈憫，讓我天生少了養動物、養小孩的興趣，所以家中只有一位重聽（耳朵硬）的知天命先生，我的口水省下不少，腦細胞GG的速度也比其他家庭主婦來得稍微緩些。就我擔任家庭主婦七年的時間，是有一些經驗與心得可供新嫁娘參考，資深的婆婆媽媽也可以讀一讀，反正罵老公的話題不分老少，越激烈越有共鳴，千古不變。

一切就從吸塵器說起。我家總計有四台吸塵器，第一台相當笨重，吸力卻是最強的，適合處理陳年地毯，肉眼不見的萬年灰也能吸得一乾二淨。第二台是掃地機器人，自動在固定時間上工，完全不假我手。第三台是手持吸塵器，適合處理餅乾屑、毛架，以及死角灰塵，聽說也很受寵物家庭的喜愛。第四組是無線吸塵器，它的最大優點正是無線而且輕盈，處理樓梯以及牆壁的蜘蛛網最是省心省力。結婚第一年，我家只有一台二十五年高齡的古董吸塵器，聲音很大，讓人誤以為吸力很強，整間房子打掃完，集塵盒裡的灰塵若有似無。我抗議十來回，先生才妥協買了新的吸塵器回來，很重、聲音很大，優點是每一回都是吸飽吸滿，我也沒什麼好抱怨了。至於掃地機器人、手持吸塵器如何入手就不多加贅述，只要明白金牛座的男人不會無故掏錢買重複的家電便能明白我這個煮婦當初是如何軟硬兼施，機關算盡了（彈菸）。

既然如此，我就直接走到第四組無線吸塵器的橋段，因為那是我頓悟的起點。去年搬家，新住所是一幢三層樓的連排屋，比照之前的單層公寓，打掃起來頗費心，尤其屋裡的兩座樓梯，一樓通二樓的是地毯、二樓通三樓的是木地板，家裡的吸塵器沒有一台派得上用場，就說手持吸塵器好了，它的吸口小，才吸完三階，我的背也駝了。跟老公抱怨，他說，「家裡不是很多台吸塵器？」我解釋家裡的吸塵器不適合處理樓梯灰塵，他的耳朵真不是普通的硬，我講了至少十次，不，二十次，他仍然左耳進、右耳出。然後有一天，我想通了，從貯物間推出我家最笨重的吸塵器插上電，請老公前來幫忙，因為口氣嬌憨，他阿沙力從沙發上起身，**man** 到不行說，「讓老公來。」老公很 **man** 的提著吸塵器，一階一階往下吸，一手扶著機器，一手抓著吸管，吸沒兩階手忙腳亂，好幾次差一點連同機器摔下梯，我站在樓梯口暗笑岔氣，還得演得一副擔心的樣子，內心實在煎熬。三十分鐘後，老兄終於完成吸梯大業，拭了薄汗說，「這不就吸完了！」我用極度崇拜的口吻說，「以後吸樓梯的工作就交給您囉。」三天後，我收到快遞，拆開一看，是呆森無線吸塵器，立刻致電給老公，他在電話那端吞吞吐吐，說是我不會做家事，才需要買這麼多吸塵器。

我接受，我都接受，老公愛怎麼說就怎麼說，那次之後我便頓悟千萬別跟男人說太多，只要讓他親身體驗我們的困難，萬事就ＯＫ了。

蜜月旅行

好友小花上個月大婚，這個月立即投入蜜月排程，過幾天就要與先生飛往希臘玩耍兩星期，興奮之情溢於言表。小花每天傳訊息報告打包進度，有時候會問高跟鞋要帶幾雙？帽子三頂會不會太多？揹機車包街拍會不會土？最後連口紅的顏色也舉棋不定，打算把家裡的十四色口紅全帶上，一天換一個顏色，如此便沒有帶錯色的遺憾。

小花如此鄭重其事，其實是對蜜月旅行的看重，記得當年我與他還單身，兩人對婚禮、白紗、蜜月各抒己見，我對婚禮毫無想像，不就是一連串瑣碎且煩心的過程，若能減化成一場公證然後請郵差寄來結婚證書便是我心目中最理想的儀式。然而小花不同了，她對婚禮、宴客、白紗、菜色、蜜月都有不可動搖的堅持，尤其蜜月旅行，希臘是她畢生要圓一次的夢想國度，她總是說，佇立在聖托里尼島上遙望愛琴海，她的人生就會一帆風順、永恆璀璨（不知這鐵口直斷的口吻怎麼來的）。小花癡迷也就算了，小花的先生有如中了蠱，一逕順著小花，相信兩人只要一同攀上聖托里尼島，他們的愛情就會長命無絕衰，除非山無陵、天地合。

說到蜜月，不曉得蜜月旅行當初是如何被約定俗成？新人完成婚禮，若沒有搭機出國悠悠轉轉便不算蜜月，在台灣本島度蜜月的新人不小心就貽笑大方了，親友背地笑男方花不起，什麼年代了還跨不出小小的台灣島。人云亦云的壓力讓蜜月旅行變調，變成新婚夫妻的例行公事，比如說，表姊去東歐，堂哥去南歐，自己就要去北歐，再不濟事也要去日本韓國或峇里島打個卡，才能對一干親友（或是不干事的三姑六婆）交代。現代年輕人辦完婚禮存款也見底了，如果再來一場驚天動地的蜜月之旅，不拉下臉皮借貸或尋求長輩資助，恐怕難以成行。也許新娘子內心本想環著台灣島遊一圈也是挺浪漫的，礙於同學們的 honeymoon 至少都有長灘島、普吉島、峇里島以上的等級，如果她去綠島，會不會顯得太 low 太 cheap，跟不上同學的級數？因此存款剩五位數的新郎只好借貸飛日本，以期完成新娘子數年前在旅遊雜誌目睹一張逆富士山的絕美照片而暗自許下的心願。

婚後，我沒有所謂「特地」的蜜月行，對婚禮絲毫不在意的人怎麼會在乎蜜月，蜜月說穿了只是一趟旅行，只要跟另一伴同行，何時何地不能？那一年我與先生決定結婚，上網找了住家附近的 wedding chapel，兩人著普通服裝前往登記，兩位友人前來見證，結束後一起去餐館吃了午餐，然後拍拍屁股回家了。至於結婚證書，不記得是先生開車取回，還是真由郵差送來，礙於年代久遠不可考，我也不好說。婚後半年，我與先生從舊金山飛賭城過感恩節，順道去了亞歷桑納州欣賞大峽谷景觀，先生笑說那趟算是補給我的蜜月旅行，我佯裝受寵若驚，表現出皇恩浩蕩的模樣，差一點就跪了。

其實市面上的「蜜月旅行」都是說給別人聽做給別人看，終究與真實的生活、真實的自己有多少相關？做自己才會好自在，不是嗎？

微壓

當年母親抱著襁褓中的我去給一個擅長龜卦的老先生收驚，收驚儀式結束，老先生由衷跟我媽說了一句話，「這女嬰底子還行，最大隱憂是吃不了苦，無法承受壓力，別人承受十斤還能說說笑笑，這女嬰承受一斤半斤就要發瘋，長大後記得不要給她吃太多苦。」母親抱著我離開，一路上憂心忡忡，心想又不是富貴人家，每日十來口吃飯，月底米缸經常捉襟見肘、青黃不接，如何給這個命格刁鑽的女兒優渥的生活。那是一九七〇年代末，小學畢業的她用微薄的知識替我謀出路，無奈家中食指浩繁，無法單單為我思慮太多。

思及成長以來的求學狀況，確實如老先生當年的鐵口直斷，課業壓力稍重我便頭暈想吐臉色蒼白，精神狀況陷入空靈（講難聽一點是靈魂出竅），對數字、空間運算毫無招架之力，偏偏大學讀了商學系，整天與數字為伍，差點進了精神療養院。正因為如此，我明白老天爺其實是一位仁慈而且富同理心的好人，祂雖配了一組不堪壓力的大腦給我，卻也賜給我對事不在乎的「散漫」性格，總是在危急之際憑粗神經化險為夷。出了社會，我選擇最「輕鬆」的教書工作，有課才出門，沒課宅在家裡讀書寫稿，少了與人群接觸也就犧牲了往上爬的機會。套一句我哥之前常講的，文學是什麼，能賺幾個錢？我哥不明白，我也是俗人，當然不會無視金錢，只是面對無能為力的自我以及對自由嚮往的前提下，能犧牲的只有金錢了。

年紀越大，本以為早年那種不堪壓力的脆弱性格已經漸漸茁壯，殊不知它從未遠離，而是悄然運轉在生活的起承轉合裡，不分日夜進行著。左下排牙齦旁不知何時長了一顆牙包，因為不痛不癢，也就隨它去，一兩個月過去，它還腫著，雖然範圍縮小，卻老是無法痊癒，杵著這個疙瘩長達三個多月直到一年一度返台行。在台灣待了一個多月，除了拿髒碗筷到廚房，幾乎與廚房絕緣，一簞食、一瓢飲，全由老母進進出出或是外食成就之。老母忙得很起勁，在廚房，她威風凜凜母儀天下，我倒是廢得很起勁，像小人得勢那樣飯來張口。返台期間，起床思慮的是吃母親準備的早餐，還是到巷子口買米漿和素飯糰，全身上下只剩吃的功能。返美前夕在浴室刷牙，腫了三、四個月的牙包毫無駐留的痕跡，我甚至懷疑那顆牙包只是幻想並非真實存在。

返美之後克服要命時差已經一個月過去了，某一天早上在廚房幫先生準備早餐，舌頭掃過牙齦，發現牙包再度蒞臨。那顆微腫的牙包雖然沒有與日俱增，但也沒有消失，我分析牙包纏人的理由，或許、應該、可能與我每日早起準備先生的早餐，以及長期料理家務的微妙壓力有關。看在韌性堅強的婆婆媽媽眼裡，料理簡單家務竟是我的壓力來源實在難以想像，笑掉全世界媽媽們的大牙恐怕都還無法陳述我的憨慢之萬分之一。回頭去看老先生當年的提點，不想面對卻也只能說他神機妙算、未卜先知。先生知道我的牙包作怪，要我休養幾日，其實真的無關休養，而是那一股穿透在骨子裡，自己堆砌出來的壓力無法釋放也礙難和平相處，只好以牙包示之，時時提醒自己的軟弱。

重返單身狂野

婚後，跟女性友人結伴出遊的次數不到三次，因為難度頗高。首先，要志同道合；第二，日期時間要能配合；第三，老公心甘情願接手燙手山芋（小孩）；最後才來考慮荷包。我與先生沒有燙手山芋的問題，只有他「一千萬顆提心吊膽的心」放不下，導致與我結伴出遊的對象只能是他，再不就是親友團，單獨與女友旅行的機會少之又少。朋友說先生太霸道，殊不知我自結婚以來捅的簍子、出的包已到了罄竹難書的地步，我沒把握單獨出國會把自己照顧得很好，而且保證不出狀況。密室好友莓粒在群組裡吆喝眾人來一場十年相識之旅，眾人紛紛提議紐約、賭城、溫哥華、韓國、日本、馬來西亞，口頭熱議極了，但是我捫心自問，跟密室好友出國旅行難道不會出包嗎？莫非定律是一種詛咒，更是一種負能量的意念，越恐懼越相吸。

距離十年相約還有一段時間，這層擔心暫可擱下。上星期，莓粒、晶德兒與一干人妻好友不知如何說服家裡的人夫，以及如何下手迷昏幼兒（誤），拎著一咖行李箱齊飛賭城三天兩夜，進行一場偽單身豪奢之旅，六名人妻打扮時尚，身段娉婷，混在年輕人之中毫無人母包袱，從她們的笑容裡輕易讀出了單身時的自由、璀璨、喜悅和無拘無束。人生，總是在進入下一個階段像束口袋越勒越緊，總是在婚姻的場域裡灰頭土臉失去自我，不是勒死對方，就是被對方勒死，兩敗俱傷。如果婚姻是女人進入成熟班的入場券，那麼已經在場中央的那些人（先生以及婆家）是否做好協助以及接納的準備？這篇文章不在探討妻子與婆家的相處之道，只是剛好沾到邊，就順手多「嘴」了幾句。莓粒和晶德兒在操持家務與辛苦育兒之間終於有了一個喘息的空間，與人妻女友放風一次的快樂而感同身受，那是同樣身為人妻，被家庭責任綑綁於無形所獲得的短暫解套。特別是晶德兒，老實說，我常常看她不順眼，她總是把孩子擺第一、老公第二、父母第三、自己墊後，時時刻刻壓抑情緒，格外擔心在小孩面前失儀，毀了孩子一生的心靈健康。不順眼其實包含更多的不捨和同情，我常常問自己，做一個快樂的媽媽更重要不是嗎？把自己擺第一，才有更從容的力氣愛自己所愛，我在晶德兒身上看到我家老母的影子，無止盡的犧牲和付出，疊出一身的病痛。

生活是一連串 up and down 組成的，人生的苦那麼多，煩惱那麼多，悲傷那麼多，才需要美食、旅行、華服、包包、珠寶、別墅激昂激昂苦不堪言的人生。晶德兒這一次完全解放，浪漫的捲髮，赭紅色的唇，迷人的電眼，維納斯風格的衣服，在人群中如此嬌媚如此顯眼如此令人醉。旅行返家，晶德兒的先生更加愛重眼前這位迷人的妻子，與往昔那個沉浸在尿布堆裡不見天日的老婆判若兩人。

人性總貪美，平日辛苦照顧家裡的媽媽們更應該加倍力氣愛自己，不管是肉體紓壓（按摩、spa、指甲美容），還是心靈解放（旅行、咖啡館發呆），都應該定期清理一回，裡裡外外整頓，取悅那一顆長期被家庭瑣事纏身而麻痺了的美感心靈，最重要的是放自己一個狂野的單身假期吧。

有一種愛

舊金山市區有一座媽祖廟，聽說是嘉義北港媽祖的分靈，在舊金山駐駕護佑已有三十餘年。舊金山離我住的地方約五十分鐘車程，如果碰上塞車，兩個小時恐怕還到不了，近幾年灣區交通惡化，清晨六點鐘的高速公路彷彿暗夜裡的紅燈籠，一盞沿著一盞，天與地染紅一片，望不見何處是盡頭。進城一趟不容易，想到塞車更沒了興頭，旅美八年，始終無緣一睹美國媽祖廟的丰采。農曆三月「瘋媽祖」的繞境活動開始透過網路電視一幕一幕播送，我看到大甲媽祖、白沙屯媽祖連番進香盛況心生感念，無奈人在遙遠的異國，只好把這份心意訴諸文字，聊一聊我個人的媽祖傳奇。

信仰是一種意識冥想，若要追根究柢便是空。然而談空太深奧，也頗無趣，給不了正逢困境的人一場及時雨，那麼我只好分享童年與媽祖結的一場緣，當作一則市井傳奇小說送給正在閱讀的有緣人（虛實請勿較真）。

童年的家在一條巷子尾，走出巷子剛好對上媽祖廟的樓梯，那是我對媽祖廟最初的記憶。除了那座樓梯，兒童醫院的藥水味占據童年記憶與味覺，出院兩三天便又入院，究竟生了什麼病，醫生說不出肯定的病名，點滴倒是打得緊，一瓶不漏。父母為了我，奔波家裡與醫院之間，有時只是住個半天打瓶點滴就回家了，有時卻得住上一個星期，反反覆覆，有如熬不盡的夜。當醫生跟母親說，帶回家吧，橫豎都是這樣，順其自然。母親真的帶我回家了，某一天早上，我肚子痛到在床上打滾，母親坐在床沿靜靜看著我，很奇怪，我能清楚感受她眼底的意念，就像在說，不管多苦，就讓我代替她承受吧。病情急轉直下的某一天姑婆來訪，她跟母親說，去求媽祖，死馬當活馬醫，人不行，就求神。母親當下揹著我走出巷子，奔上媽祖廟的樓梯，跪在大殿請示出我枯竭危殆的運程。仁慈的廟祝跟母親說，這孩子跟媽祖有緣，需要媽祖庇護才能平安長大，他交代了當媽祖契子的儀式和流程，也交代母親替我找一對福氣滿盈的乾爹乾媽，人與神分頭進行方能解厄。

事情辦妥後，我的身體一天好過一天，肚子不再鬧疼，不再貧血，也不莫名其妙暈厥不醒人事，那年我六歲半，進入幼稚園吃了半年的糖果餅乾，拍了一組畢業照便進入小學。上了小學，正式脫離與醫藥為伍的日子。回首從前，那些病痛的片段歷歷如繪，尤其病痛突然被抽離的感覺永遠忘不了，就像一夕之間回到健康，不曾病過。人類受限於肉體與智慧無能為力許多事，宇宙的能量、大千銀河的祕密，人類終其生命仍然無法一探究竟。親身走過童年病痛，對於形而上的力量自然而然謙卑，也明白無遠弗屆的力量永遠不會是人，而是心靈意念所到之處。

每年的大甲媽祖、白沙屯媽祖繞境，總會勾起我內心滿滿的孺慕之情，一尊又一尊慈眉善目的神像只為了催生信心，於我而言，所有的信仰在於心，從心所生，從心圓滿，從心解脫。當我看見祂如慈母般膚慰攔轎的病患與家屬，我便流淚不止，人生苦痛何其多，沒有形而上的愛，又當何解？

寶貝媽媽

每一個人都知道如何愛自己、愛伴侶、愛子女、愛寵物，卻忘了如何愛媽媽，以為那是爸爸的責任，與己無相關。倘若家中沒有「爸爸」這號人物，大部分的孩子可能只想到自己是單親，是社會弱勢，忽略媽媽如何用她的獨臂撐起這份弱勢，也忘了媽媽其實很累，需要雙倍的呵護和疼愛。女人外在越是堅毅，內心越是殘破，因為缺口太大，必須用雙倍，甚至三倍的力量堆砌自己，把自己堆得完美無缺毫無破綻，才能確保孩子在社會上站得挺直，自信自在。

父親在世時就不是體貼的丈夫，他對母親的愛曲曲折折，明明關心母親術後麻醉狀況，口吻卻像在責備，責備母親不懂得照顧自己，才會落得手術開刀一途。兄弟姊妹熟悉父親粗獷不修邊幅的愛，反正打是情，罵是愛，打罵教育在我們家是再正常不過，然而再生氣再憤怒，他未曾對母親動粗，父親說大男人可以惡口卻不能可惡。

父親離開後，母親完全耳根清淨了，少了父親碎念，她開始懷念父親生前的粗言粗語，老夫老妻了，再粗俗不堪其實都暗藏了幾許的真心與關懷。家中少了父親，兄弟姊妹頓悟，不約而同扮演起父親的角色，也重新包裝了父親的愛。母親私下跟我說，雖然想念父親，但是兄弟姊妹的關愛揉散了失去老伴的瘀青，現在的她像個老小孩，做錯事把頭拉得老低，誰也捨不得罵了。寫到這裡，突然想到單身時哥哥語重心長（其實是帶恐嚇）跟我說，「妹，結婚是大事，千萬要慎選對象，萬一嫁得不理想，媽媽會擔心，會窮盡所有換妳幸福。」哥哥的擔心我怎會不懂，長兄如父，父親不在了，倘若我過得不好，母親也會不好，母親與我過得不好，都是他的責任。於是我們都明白只有把自己照顧好，把日子打理好，身體健健康康的，才是心疼母親才是愛母親。

因為太在意家人，我們皆願意妥協婚姻對象，在選擇伴侶上不僅僅尋求自己開心，還添了一層家人的祝福和期許。好友櫻桃離開西雅圖跑到北京工作，去年結婚了，對象是辨公室同事，同樣台灣過去的，自然而然走得近。櫻桃的公婆住屏東，純樸莊稼人，胼手胝足拉拔四個孩子長大，無力再買一幢房子為家人遮風避雨。因為沒有房子，小夫妻飽受櫻桃母親冷眼對待，櫻桃夾在先生與母親中間備受煎熬。櫻桃選擇才華，櫻桃母親選擇財富，中間的角力過於複雜，有母親對女兒的愛、期許，也考驗人性在金錢誘惑時的張顯姿態。櫻桃母親重視金錢，恐怕是嘗過短缺的苦，不願女兒重蹈覆轍。

摯友海棠的兒子戀上性格桀傲不馴的女馴馬師，海棠仁慈不願評論，僅希望兒子回頭是岸。海棠與先生離異後獨自撫養兒子，她不期望兒子做大事業成大材，只希望他過著快樂幸福的日子。馴馬師女孩一年出差十餘次，每次十天半個月，婚姻從不在她的考量之中，只是海棠兒子投入甚深，以為真心可打動，無奈幾年來總是吃閉門羹。悲傷的海棠問我怎麼辦？我說順其自然，當父母的只能祝福，只能在小孩受傷時替他們包紮傷口，其餘的，那是他們自己的人生，自己作主。我沒說出口的是，如果孩子懂得心疼媽媽，婚姻考量裡就會有媽媽。除此之外，別無他法，無法逼就。

矽谷穿搭

矽谷是一個很特別的地方，舉世聞名的公司集中在這裡，得天獨厚的絕佳天氣，創意無限的工程師，矽谷是一個 The dream will come true 的地方。然而矽谷居住成本高，住房短缺和交通惡化是矽谷人必須共同面對的問題，短時間暫無解套。對全球商業人士來說，矽谷是耳熟能詳的地方，就算有不甚了解之處，只要打開電腦 google 一番，食衣住行育樂，所有資料一應俱全。了解矽谷不難，但是某些生活細節必須是當地人才能體會，比如說穿搭這件事。對，這篇文章打算戳弄我先生的穿搭痛處。

二〇一一年剛到灣區，意外發現矽谷街頭行人的穿搭跟台北、東京、首爾、吉隆坡等亞洲大城市截然不同。如果亞洲城市的穿著品味屬成人精緻款，那麼矽谷就是大大方方把連帽T穿出與眾不同的孩子氣。就是那股孩子氣讓人熱血沸騰、血脈賁張，充滿激情的創業風氣把矽谷交織成一張世界風行網，每個人的心思都聚焦在如何創造出下一個賈伯斯和祖克伯，穿搭變成日常生活裡最枝微末節的小事，甚至可以不用視為一件「事」。有位記者採訪素日裡老是穿T恤牛仔褲上班的某科技公司CEO服裝問題，那位記者想知道CEO究竟有多少同款T恤，因為每次採訪，CEO大人身上永遠都是同一件，彷彿從未換過。日理萬機的ＣＥＯ說，「我的衣櫃有十坪大，可能還不止，西裝大約占全部衣物的十分之九，剩下十分之一就是牛仔褲和T恤，好笑的是，西裝一年穿不到三次，衣櫃裡的T恤已經將我的週一到週日都預約了。」

那位ＣＥＯ的穿搭儼然是矽谷潮流，各大公司上至ＣＥＯ下至Intern，簡單方便不花心思的搭配是基本原則，在矽谷街頭，特別是午餐時間，立在交通號誌燈下等待覓食的工程師們，就算手上沒有抱一台筆記型電腦以示職業，身上的衣服幾乎洩了他們的身分。甚至，夾腳拖鞋、短褲上班的工程師比比皆是。有人欽羨的說，這就是矽谷的自由氣息，無拘無束，讓人戀棧。如果把這種穿搭風氣移植到亞洲，一向重視門面的台北恐怕不適宜，少了唬人的門面，還剩下什麼？有內涵沒門面的人埋頭苦幹卻成了鬥爭下的犧牲品，門面重於內涵變成一種對的信仰，不分男女。當重視這件事開始凌駕於實力之上，我便覺得價值觀被顛倒甚至被誤解了。

寫著寫著意外多嘴了台北門面，趕緊懸崖勒馬回到矽谷以免出代誌。

先生大學畢業後留在阿拉巴馬州的科技城工作，十年有成的某一天到矽谷出差，一下飛機，北加州的風光明媚和甜美空氣立刻擄獲他的心，隨即跟公司要求改派矽谷，一待就是二十年。先生是個老實的工程師，穿著也是老老實實的接地氣，T恤是高爾夫球俱樂部贈送的，牛仔褲拉鍊洗到變型，說好聽是打扮隨性其實是美感嚴重缺陷。這樣的老公我很慶幸能夠遇到，代表他被改變的 range 也是百分之百。現在，他雖然一樣T恤、牛件褲出門，但是質感升等，低調的奢華、不張揚的品味在他身上若有似無醞釀著，他的衣櫃不再灰頭土臉，不僅跟年輕人一樣富有朝氣，也快追上CEO的沉穩了（自己說的）。

家族旅行

七月中旬，我跟先生驅車至太浩湖（Lake Tahoe）與四方親友齊聚幽靜飄渺的高山湖泊。然而，跑一趟太浩湖約莫要五、六個小時，估計一天到不了，灣區塞車情況嚴重，若一鼓作氣開到目的地，就算車子承受得住，恐怕先生已經兩眼發昏，腰桿都硬了。果然，開到車程的一半加州首府三顆饅頭（Sacramento）已經耗了四個半小時，後繼無力，幸好本人英明，早在出發的前幾天約了住在三顆饅頭的山本夫妻相聚，順道在他們農場打擾一夜，隔天一早，精神飽滿的直奔目的地，總算在約定時間抵達。

這次家族旅行是先生的舅媽出資舉辦，一向拘謹不愛旅行的舅舅難得同意，願意一同前往。舅舅、舅媽連續兩年嫁女兒，養兒育女的責任完成，心情相對輕鬆，對於旅行也不像早年那樣排斥了。一九六〇年代到美國留學的年輕人（如舅舅）完成博士班課程理所當然留下找工作，鑽出路，在那個年代，放洋謀生似乎是更好的選擇，就算在異國飽受挫折，日常生活充滿冷眼或歧視，仍然不改初衷，為了下一代能夠順利在美國成長發展，挫折與歧視變成是最芝麻綠豆的小事了。據我所知，舅舅轉了幾個工作，最後在政府機關謀到一份穩定的工作，用單薪養全家，兩個女兒每天等舅舅下班問功課，舅舅儘管疲憊不堪仍然振作精神教題，耐性像開外掛，十餘年未曾不耐煩未曾動怒。我常想，兩個女兒如今都是醫界的翹楚，應該與舅舅、舅媽的教養有關。

舅媽在南太浩湖不遠處的一座小森林租下一幢兩層樓的木屋，三房三衛，還有一間 extra room 可以閱讀、聊天和午覺，十個人不多不少，剛好將這幢木屋住好住滿。一群人在外面館子用完餐載行李回木屋，才發現舅媽前一日已經將大容量的冰箱餵得十足十的飽，雞蛋五十顆，麵包買了四、五十個，還有數不清汽水和酒類，林林總總的水果食物看得我眼花撩亂，肚子都飽七分。舅媽說，擔心不夠吃，多準備總是沒錯。舅媽是客家人，律己甚嚴，習慣凡事自己動手，十個人的早餐都是她早起準備，不管是中式粥品還是西式漢堡沙拉，要喝咖啡還是喝熱茶，她都能從容應付，俐落有餘。吃早餐時，我跟先生咬耳朵，舅媽的能幹，這輩子我是皮毛也學不上了。

南太浩湖最優美的景點之一就是翡翠灣（Emerald Bay），我跟先生曾經造訪三、五次，每回都是開車繞駛，從未近距離接觸。這一次，舅媽幫每個人訂了渡輪的票，搭船觀賞湖泊的美更讓人醉心。渡輪環湖一圈需要兩個小時，幸好湖心景色奇佳，水色從藍到綠，再從墨綠到淡藍，漸層暈染卻毫無刻意的痕跡，簡直鬼斧神工。結束環湖，第二天還是不免俗的搭纜車上山，夏天造訪，雖無雪景可看，無雪可滑，但是山上活動不少，攀岩、彈跳等能體活動老少咸宜，家長小孩都玩得不亦樂乎。大伙人在山上喝喝咖啡，拍拍照，隨性散步一會兒便下山了，回到山下，又是餐廳進食時間。

先生來自大家庭，家族體系龐大，成員散居台灣北部與美國東西部，這一次的家族旅行再一次凝聚彼此的情感，我也一次又一次見證了這個家族最美麗的（人情）風景。

宮心計

在偌大的紫禁城裡，富貴如雲，恩怨也如雲。這幾年，宮鬥劇一齣接一齣，捧紅了無數演員，豢養了海內外成千上萬的影迷，我總在想，宮鬥劇之所以迷人，可能跟人性中的「算計」有很大的關係。在華人世界裡，擅於心計的人容易上位，加上文化性格作祟，特別戀棧權勢，踩著他人頭顱往上爬的例子古今中外不勝枚舉。說穿了，算計可以成就自我，獲得權勢地位，贏的人享受尊榮，備受禮遇，輸的人屢戰屢敗還要再戰，可見這是一場終身戰役，每個人為了榮耀，或多或少陷入了現代宮鬥而不自覺。再細說，夫妻之間也是一場沒日沒夜、沒完沒了的「纏鬥」，比如婆婆老是替軟弱的兒子出謀畫策，以免丟失一家之主尊嚴，還要割地賠款。娘家則是永遠的未雨綢繆，三不五時替女兒出頭爭取房產過戶，以免哪天男人外遇，至少還有一幢房子看著住著多安心。

在《延禧攻略》最後一集裡，失勢皇后問寵妃魏瓔珞，為什麼能夠獲得皇上恩寵數十年不墜？魏瓔珞說，不管愛得多深，先說出口的人就輸了。在富麗堂皇的紫禁城，有多少女子用一生愛錯，用一生等待時來運轉，光耀門楣？好友荔枝說，被選進宮的女人好倒楣，一輩子穿得華麗吃得奢侈，卻也用一生在等待皇上偶爾興起的臨幸，說是雨露均沾，但那一滴兩滴的雨露如何浸潤乾涸多年的空虛寂寞。在感情的世界裡，慾望讓人無法自拔，為了確認對方的心意，一而再、再而三的躁進試探，甚至失去了底線，最後獲得期待中的答案，自己的心也已經深深落陷，回不去了。躁進的人缺乏自信，心中有丘壑而且不動聲色之人才是最後贏家，在感情世界裡如此，在爾虞在我詐的工商業社會更是如此。

看多了宮鬥劇，內心著實震盪。婚後回歸家庭，八年來不曾外出工作，以至於跟職場脫節，所謂辦公室文化、人際網絡，我是一點掌握也沒有了。同事間的野心與真心，職場的潛規則，戴上面具的好人與壞人，都得抽絲剝繭費盡心神才能有一番確認，更何況我經常心不在焉，哪天糊裡糊塗被推下懸崖還以為是自己沒站穩。離開職場太久了，久到忘了人性當中其實惡意占多數，在利益之前，在生計之前，人性裡的善念都退居第二甚至第三，如果不自私一點，不為自己多謀畫一點，難道要等對方爬上高位對自己頤指氣使？那是一種危機意識，有一絲野心的人絕不允許情況在眼前發生。身處職場的人或多或少都曾面臨這種糾結時刻，是利益與良心的角力，無私拱手讓敵手上位的人少之又少，幾乎沒有，因為再無私，都帶有一絲「我」的好處，這便是人性。君子之所以坦蕩蕩，是因為他們明心見性，不會任由人性黑暗面凌駕真我之上，而平凡人只是平凡人，做的也只能是平凡事。

與其說我對「人」排斥，不如說是對人性過敏。我從不相信與生俱來的人性，只相信修煉中的人性，只有長期修煉心靈，洗滌種種惡意，才能將人性的惡意轉化向上提升的動力，否則便會無限空轉，將自己的心轉到地獄去，求出無期。

追求

閨蜜蕭蕭問自己，人生到底在追求什麼？她問自己，也問我。我說，我追求心靈安住。

但，生活繁忙，連休息都是奢侈，心已經勞災，談什麼安住？那是吃飽太閒的人做的事。心靈安住與生活安穩要如何平衡？當一個人僅月休四天，收入只有三十K或更少，仰賴這份薪資有三、五口人，他要如何心靈安住？他成天想的都是帳單、生活費、孩子學費以及老父老母的安家費，沒有時間想到自己，更沒有心力整理疲憊不堪的心。

這兩天，我在網路上看到一齣微電影《我的蝸牛爸爸》，是一個社會底層的勞工爸爸騎車到學校接小孩下課順道吃晚餐的情節。電影中，上了一天課的小孩飢腸轆轆，跟爸爸表示想吃焗烤雞肉飯，爸爸摸摸口袋，面有難色，最後還是滿足了孩子的願望。爸爸只叫一份餐，看著孩子吃，心也就滿足了。我相信這是社會的縮影，因為我也曾是那縮影裡的一枚影子。那時我小學三年級，家裡經濟正困難，學校需繳一筆四百元的費用，母親沒說話，翻了翻皮包，只剩三百二十元，那是全家六口人一個星期的菜錢。最後那四百元如何解決的，我已經忘記了，但那一次之後，我義無反顧去做任何可以賺錢的小活，比如到早市搶位子賣春聯，擺路邊攤賣飾品賣早點，假日到工廠扛重物，到便當店做女工，學業變成次要，或不重要。那時的心靈安不安住？老實說，在充實中感受現實、體會人性，清清楚楚、完完整整的從熟人、陌生人的「眼中」看見自己的狼狽。縱然當下不覺得狼狽，但是他們的「眼神」告訴我，我是如此不求上進，如此卑微。

也在那些日子裡，我對他人的看法漸漸能夠無感，快樂、悲傷、富足、貧窮，都是自個兒的事，別人要不要羨慕、要不要同情、要不要妒恨又與我何干？將別人眼光摻進自己的生活，自己都不是自己了，心靈還能安住嗎？

如果還在底層掙扎，還在為三餐奔波，還在為下個月的房貸租金頭痛不已，無妨，盡量去做自己該做的事，溫飽了自己和家人，心才能安。而如果人生責任告一段落，建議慢下來，把心打開，可能會看到千瘡百孔或是嚴重老化或是傷痕累累的心，沒關係，仔細擦拭乾淨，剔出不知什麼時候扎進去的芒刺，餵養任何可能的養分，也許是繪畫、閱讀、經文（宗教）、旅行，甚至無所事事。

婚前，我經歷太多太多，酸甜苦辣，成就現在的我的樣子。婚後是我休息的開始，心靈安住也在婚後每一個念佛讀經的早晨中。讀人只讀表面，看人只看身家，心始終繞著別人的好與壞在轉，心靈何時安住？

沒輸沒贏

這段日子修習紫微斗數自娛，意外發現凡人一生榮枯的「祕密」。

一張命盤有十二個宮位，十四顆主星，六顆煞星，以及數十顆吉凶不一的星子依隨某種規則（個人因緣）落入命盤，每個人都盼望最祥瑞的星曜落入重要宮位，煞星落在最不重要的宮位，希望自己財帛永遠充裕，事業亨通，希望覓得絕世良緣，子女聰慧體貼孝順會賺錢，希望身體健康無病無痛，晚年世界各地逍遙去。可是，上天是公平的，給了你財帛上一百分的吉星，卻在子女宮放火，煞星雲集，縱然一生錢財不缺，卻受盡子女病痛的苦楚。有些人父母宮不好、命宮不好，爹不疼娘不愛的，成長以來學費、生活費無一不自理，日子過得艱辛，卻在結了婚之後順風順水，先生公婆關懷備至，再無需為經濟發愁。人生如此公平，正因為沒有十全十美的命盤，因此無需在他人吃香喝辣的優渥生活上投以妒忌眼光，更無需在他人吃苦受罪的時刻拚命自我感覺良好，套一句噗友米甜甜常講的，每個人的痔瘡長在哪裡只有自己知道，既然都有難以啟齒的苦，不如學習淡化煞星對日常生活的影響，化煞為用。物極必反，水滿則溢，再祥瑞的星曜都可能誘發窮凶惡極的星子帶來不可抹滅的傷害，同樣的，再惡劣的星子也可能牽引出絕地逢生的智慧和力量，這便是宇宙運行的規則。

如果一個人對紫微稍有理解，便能得知自身在世界上的功課，理解為什麼同樣一件事，他人可以輕鬆看待，自己竟會如此鑽牛角尖、尋死尋活。當我逐漸「透視」命盤裡的潛規則，心境也就萬分清明了，更明白一個人不懂因果脈絡，再多的苦口婆心只是白費唇舌，有時候不說不是漠不關心，而是寧願世界和平。

翻開自己的命盤，從十二個宮位搜尋過去四十年的蛛絲馬跡有了獲得。看懂了命盤，對於童年生活的不順遂，求學過程的挫折，還有為生活奔波的勞苦，一直到婚後移居國外，老天爺在我的命盤上注記得一清二楚。我對福德宮最感興趣，因為涉及肉眼不見的因果前世以及強大的邏輯性，就像具有吸引力的黑洞，讓我不斷想要深入究竟。福德宮的對宮是財帛宮，意思是，若是為了賺錢昧著良心胡來，那麼此長彼消，表面上財帛充裕了，福報卻漸漸流失在指縫中，像沙漏一般，止不住分秒的流逝。

確實有些人「命好」，吉星總是落點在主要宮位，煞星盡在次要地帶，貴人不請自來，命中的衝擊也比他人輕盈許多。那是個人上輩子「修身養性」而得，好事做多了，欠你的一條都跑不了，欠老天爺的一項也走閃不得。每個人都有十二宮，十四個主星、六顆煞星，公公平平，沒輸沒贏。唯一的「不公平」大概是自己做了多少惡事善事，運便帶著自己走向光明或陰暗，說穿了，命盤是自己一筆一捺刻畫出來的。

輕斷食之路

對我來說，運動是件苦差事，能逃就逃，能免就免，唯有走路能夠持之以恆，一日至多走四、五個小時也不累，對邁入四十歲的我來說，這樣的腿力還算過得去。然而也不是每天都有機會走上這麼多時數，沒事喜歡在家東摸西摸，一天就過去，運動量少之又少，三餐倒是吃得很勤，不知不覺就過度進食了，長期下來，油膩膩的脂肪附著在肚皮大腿和屁股揮之不去。

脂肪揮之不去，但也沒困擾太多，我總是想，都四十歲了，新陳代謝慢了也是正常，多幾斤肥肉在身上肯定是理所當然，而且女人四十需要多一點肉讓身型有一種「假性富貴」之感，總之，我便繼續「我吃故我在」努力加餐飯。直到有一天到婦產科例行體檢，站上磅秤的那一刻幾乎暈厥過去，那個數字超過我的想像太多太多，多到讓我頭重腳輕，舉步維艱。醫生進到診間看了我的健康紀錄，搖搖頭說，「過重喔。」不說假話，我當場像被甩了五個，喔不，是十耳光那樣難堪。我天生骨架小，所謂什麼骨架配幾兩肉配啥模樣的五官都有一定的規則，如果過分乘載，肥肉便會吃掉骨架，以一種難堪的肉感方式存在，五官也因為頰肉多了幾磅，原本就細小塌陷的眼睛鼻子被拉出遠距離，呈現出一張完整的肉餅臉來（要說滿月臉也是可以）。

那組數字讓我驚醒，讓我知道再繼續貪戀食物，婚姻恐怕不保（雖然先生的肚腩也不容小覷）。就在我手足無措之際，小密室人稱「董事長他娘」的王淘淘貼出一張近照，仔細一瞧，原本十分肉感的身型整整縮了三分之一，以一種輕盈少女的樣貌重新出現在小密室裡。王淘淘說，五個月來她默默瘦了九公斤。「默默瘦」是我自己加的，她開始減肥那一刻我還活在自己的世界裡，心想減肥這件事跟自己八桿子打不著。王淘淘亮麗的身型如我溺水前抓到的浮木，我認真執行她所謂的「輕斷食」法則：一週兩天，一天吃兩餐，每餐二百五十卡，餐與餐間隔八小時。沒說假話，兩週以來，牛仔褲頭鬆了些，本以為是幻覺，第三週開始，大腿與大腿中間那塊肉不知被誰偷走，走路不再摩擦生熱，洗完澡穿衣服，手臂肉不再有卡袖之感，這些改變都是很細微的，有點像誰暗夜偷走了脂肪，一切的消失都是神不知鬼不覺。

本以為「輕斷食」會走得很痛苦，畢竟我天生熱愛美食，沒想到走過一個月的輕斷食之路，意外修正「吃太多」的惡習，明白身體從來不需要那麼多食物，是慾望和貪婪不停的餵養，形成自身無法遏止的口腹之慾，再一步一步摧毀性格裡的堅毅、自信和挫折忍受力，最終兵敗如山倒。

如果一個人連口腹之慾都無法克制，還能成就什麼大事？這是我在「輕斷食」之路所獲得的覺察，身體如道場，人類要修的功課永遠都脫不了兩個字，那就是「慾望」。

直播網紅

輕斷食日特別喜歡收看網路料理節目，先生說我是自虐，我卻樂此不疲，人一旦處於飢餓狀態，任何食物皆能立馬撫慰空虛寂寞的消化器官，連乾涸的靈魂也一併得到救贖。有人說，美食能夠帶領每一襲苦悶的靈魂通往天堂，這形容得實在傳神，食物之於人，不管開心或是痛苦，它的作用既真誠且實際，膚慰得了形而上的思緒，也飽足了形而下的肉軀。因此，成千上萬的網路直播（買賣），我通常只收看料理節目，直播主的口條越 local 越親切，連珠炮之中操幾句台語營造人不親土親的家鄉感，背景音樂可以是陳一郎的〈紅燈碼頭〉或是陳雷的〈風真透〉，賀一航的〈媽媽請你不通痛〉也很到位。那種感覺就像走在溼漉漉的傳統菜市場，隨意跟阿婆買一片薑，她看妳袋子空空如也，塞了一顆高麗菜給妳，嘴巴說著，「拿返去呷、拿返去呷。」現今網紅媽媽如果能把握這種「澎湃」的人情眉角，便是贏了同業的一半，酬金賺到離褲腳（賺不完之意）。

說穿了每位網紅媽媽都是戲精，都是科學家，她們具有說風就是雨，瓊瑤式的馬景濤情懷，更有不怕麻煩的實驗家精神，就說現下紅透半個地球的氣炸鍋，每一位網紅家中廚房中島上都擺有兩、三台，她們用一包醃肉同時間驗證三台氣炸鍋的功能，從濃煙多寡、肉質乾溼、清洗難易，透過鏡頭讓每一位媽媽的肉眼得到真相，短短數小時之內搬光廠商倉庫上千台的存貨，廠商笑，網紅笑，搶到貨的人也在笑，正所謂三笑因緣。

這是新興的網路直播事業，電視廣告風光不再，廠商不再花大把銀子聘請明星代言，寧願尋找網路紅人販賣產品，代言費省下了，銷售表現也令人刮目相看。時勢造英雄，素人網紅順勢而起，口若懸河、幽默、不怕出醜、廚藝佳、鬼點子多的人都能在直播市場闖出一片天。除了網紅媽媽的料理節目，還有極受歡迎的實況主（如電玩）在直播界占有一席之地，她們主攻年輕人市場，以性感養眼的形象走入宅男心中，不愛出門的宅男隔空就能獲得關注，豐富了略顯單薄的人生。網路直播是相當有趣的現象，每一位網紅透過鏡頭奮力向粉絲推銷產品，偶爾說幾句體己話，buy in 的粉絲如過江之鯽，一夕之間成了知己閨蜜，親密程度超越枕邊人。我的一位好友經營網路直播多年小有成就，今年礙於健康因素結束了直播事業，日子驟然失去重心，成千上萬的關注消失了，自信不再，肉體的病痛未癒，心靈的缺口越來越大。

網路直播是全球趨勢，只是現實人生與鏡頭人生還是得分清楚，現實是永久的，而鏡頭前的火熱只是一時。

一個女人

人生最大的束縛不只是有形的坐牢更是無形的身不由己。長長一輩子中，女人隨著不同階段扮演各類角色，當爸媽的女兒，當婆家的媳婦，當老公的妻子，生了小孩當媽媽，小孩長大結婚生子當婆婆當岳母當奶奶當外婆，終其一生周旋在這些角色中受盡束縛。那些束縛都是責任都是牽掛，縱然想擺脫一日求個短暫解脫也絕無可能，因為束縛從心而生，只要還活著，還有氣息，心就像聚惡盆，分分秒秒不停的生出煩惱，源源不絕。

姊姊因心臟問題辭了工作在家休養，生活步調慢了下來，心臟不若從前那般負荷，加上少了主管同事的相處，職場角色壓力祛除，不再被家務公事小孩同時攻擊得分身乏術，她的心漸漸穩定，聚惡盆的煩惱一星期才長一次。姊姊在家休養月餘，決定回娘家「度假」七天，拋下先生兒子公婆和一拖拉庫的家務，獨自搭公車回娘家，姊夫載小孩從補習班返家才收到姊姊的短訊通知，一張臉歪到不能再歪。姊姊卸下媳婦責任，以純粹女兒的姿態接收母親溫馨式的叨念，那些嘮叨再逆耳也比為人媳為人母為人妻來得輕鬆，也顯得特別柔情似水。如果母親叨念得太過火，姊姊只要輕輕嘖一聲，母親會立馬閉嘴，從沙發起身說要去廚房看雞湯滾了沒有，一切便平靜下來。媳婦無法對婆婆回嘴一個字，就算一時腦子不清楚嘖了一聲或是忍不住翻了白眼，婆婆不會起身說要去看廚房的雞湯滾了沒有，而是捂著胸口（狀甚痛苦），一拐一拐走到神龕前跟祖先叨念媳婦有多三八和不孝（八點檔劇情請勿對號入座）。

結婚十多年，姊姊每次回娘家都是行色匆匆，週六抵達週日離開，要她多待一天，她總是說，隔日大人要上班，小孩要上課，沒時間。一句「沒時間」用長長的十五年來作錯誤的詮釋，人浸淫在時間壓力下渾然不覺時間的意義，在時間的催促下，彷彿一切都是趕鴨子上架，身不由己。不，不是這樣的，是我們誤用時間的功能，以為任何事只要以時間作為基準，絕不會出錯，卻忽略了時間可以是不規則的，可以切丁、切末、滾刀或是大卸八塊，隨你高興拿捏，是時間配合人類的作息，不是被它的刻度桎梏了。這十多年來，姊姊說她本末倒置了，不只是她，我們都是。

姊姊不在家，姊夫變得異常殷勤，早上鬧鐘調得相當確實，鬧鈴一響起，馬上從床上跳起，用慈愛的聲音喚醒隔壁房間的兩個兒子，再以最快的速度整裝完畢載他們出門上學，途中不忘買早餐填肚皮。至於洗衣曬衣洗碗洗菜煮食那些尋常家務，由姊姊的公公婆婆兩個老肩膀挑起，姊姊的公公處事作風雖然大男人，卻是會為媳婦買菜挑菜張羅吃食的好兒郎（比讚）。

七天後，姊姊返回婆家，全家人看到姊姊出現的那一刻，臉上的線條、臂膀上的青筋都柔嫩得像剛出生的嬰兒。姊姊不在家，全家人硬著頭皮分工合作，才知道一個女人默默扛了多少瑣事責任，擊走了多少不請自來的阿貓阿狗，擺平了多少不可計數的狗屁倒灶。一個女人就夠了。

慵懶的學習

二〇一八年底的某一天，有感於自身的英文書寫越來越差，文法掛一漏萬，句子不完整就算了，時態的運用也糊塗得讓人默哀，尤其跟先生的英文對話簡直雞同鴨講，我的中式英文讓他非常不能明白，他的老美英文更讓我有一百種說不出的疏離，只好火速報名語言班，祈求婚姻之路風調雨順。結婚時間久了，先生的中文越來越流暢，連成語也上場，雖然「家徒四壁」講成「四壁徒空」，但不中亦不遠矣，讓我稍稍對他刮目相看。生活在多元種族的加州，語言溝通五花八門，我也曾在輕軌車上跟一名柬埔寨老太太用台語聊天，親切得像跟台灣的歐巴桑閒話家常。在語言高度包容的環境中過日子，把英文練得跟ABC一樣好的慾望變得薄弱，加上本人的上進心從二十歲那年就停止發育，便遑論我這樣一位不愛社交不愛聊天的家庭主婦，只要買賣能通，餐館能進，迷路能求助，一切便覺得歲月靜好，社會融洽，生活很美好。

然後有一天，住在美東的毛茸茸再也受不了我的菜英文，在一次短暫家庭旅行之後，你半推我半就，開始了每天一小時的 **on-line** 英文對話。我自認中式英文說得十分道地，眾友人之中聽得懂的不超過三位，沒想到毛茸茸竟然掌握了箇中精髓，不管我把句子說得再三奇葩，她的回應皆能正中語意，絲毫無誤差。我跟先生結婚七年，他老兄沒有一天認真看待並且梳理我的中式英脈，更沒有打算與我的英文生澀與共。算了，不提也罷。毛茸茸不一樣，她很有職業道德，就算我說了一句足以笑掉下巴的句子，她頂多微笑三秒（也許內心憋笑成傷但未表現出），用溫婉的語氣教我如何把句子說得正確。把句子說得正確對她來說不是難事，十三歲來美國，她的英文程度直逼母語，我好奇的是，她如何辨別我的奇葩句子而且對話如流，這種天賦不是普通人有，至少我家那口子至今沒能 **catch** 我任何一句。我每次跟先生抱怨，毛茸茸都能聽得懂，為什麼他就無法明白？他老兄竟然這樣回答，「妳自己不思上進，英文亂說一通，然後把責任推到別人身上，這樣對嗎？自己去想想看。」他老兄的意思是要我明事理、知羞恥，最好立刻去房間面壁思過。可我這人天生只管樂活，「不知羞恥」對我來說是一種天大的本事，大家都習慣檢討自己，反省自己，可是人生苦短啊，如若沒有蹧蹋他人，沒有傷害他人，沒有作賤他人，生活要怎麼過，舒心自在就好。先生要我去面壁思過，我嘴上說好，下一秒又忘得一乾二淨，然後轉頭問他：「**Can you, Could you, Are you, Do you…,**」然後沒下文。他氣得七竅生煙，追問我到底要說什麼。其實我也忘了。

當然，為了先生的健康著想，加上我的上進心突然甦醒了兩分鐘，我便利用那兩分鐘火速報名文法班與會話班，一星期上課四天，日子充實忙碌了起來。三個星期過去，我的中式英脈持續在家裡進行，課堂上，同學從不一樣的國度來，操著重度口音，我的中式英脈夾縫中求生存，顯得刻苦耐勞。說真的，要花多少時間才能祛除口語上的惡習我沒有很在意，就讓這份學習慵懶的進行下去吧。

關於採買以及其他

台灣市場林立，不管是傳統早市還是黃昏市場，除了固定休市日（通常是週一）不營業，它天天滿足了婆婆媽媽堅持新鮮食材的選擇，有人說，要快速了解一國的庶民文化，走一趟市集便能窺知七八成。我老母對早市情有獨鍾，喜歡趁早、趁熱、趁新鮮，天剛睜眼便騎著摩托車到早市晃一圈，就算沒預備買也要繞一繞，一天才算開始。老母常說，夜裡採收的貨色，透早六、七點買回來料理正對時，等到中午才姍姍去遲，菜葉都枯黃了一大半，撕掉浪費，不撕掉口感不爽。有時沒來得及上早市，她便退而求其次，上黃昏市場買熟食，一盤菜（肉）通通一百元，一盤現炒的米粉爆香了整個黃昏才賣二十五元，古早味酸筍湯四人份只賣三十元，她一個人吃住，每每吃到肚皮撐極隔日還有剩。台灣市場裡也駐守著許多隱藏版的小吃屹立不搖數十年，我這個旅外遊子每年都得返鄉把市場美食吃一輪才有回家的感受。

說到市場，美國不像台灣，除了週日早上的農夫市集類似台灣的傳統市場，並無每天開張的市集可供採買，例行買菜只能上超市。美國超市寬敞明亮，生鮮肉品部不僅沒血腥味，玻璃櫃和陳列櫃一塵不染，蔬菜部排列像一場裝置藝術，或說五顏六色的蔬果嘉年華也是可以，地板乾爽潔淨，讓人誤以為進了百貨公司。美國政府對食品衛生管制十分嚴謹，食品安全局固定派人到各地檢查，環境衛生也是食安的一環，因此不難明白美國超市對衛生的看重和要求。對我來說，能在乾淨明亮的空間好整以暇的採購是享受，更是一種幸福，相較之下，台灣傳統市場潮溼血水味撲鼻，多逛一分鐘都是負擔，恨不得雙腳騰空就能把菜買好。小時候非常討厭陪老母上市場，地面積著宰殺雞鴨的血水，惡臭難聞，我穿著拖鞋小心翼翼跟在老母後面，一步一血印，整顆心慌亂不已，偶爾不留神就跌得狗吃屎，衣服報銷不說，老母瞪我的模樣有如我拖欠會錢不還。那是最難堪的市場記憶，長大之後，有了較多的自主能力（另譯「翅膀硬了」），再也不陪老母上市場，那個黑黑暗暗溼溼滑滑如地窖陰寒的地方從記憶深處連根拔除。

但是，我要說的是「但是」。

曾經最討厭的地方，人事變遷之後，也都變得模糊而質疑了。生命歷程再次反芻那些記憶深處的不潔，不潔不再不潔，倒像孩童的黃鼻涕掛在前襟不上不下，正在吃飯的人覺得噁心，遠處納涼的老爺爺覺得可愛，一尺之遙蹲著洗衣的母親覺得憨，而我，隔了一個太平洋，覺得草根得可以。草根就夠了，草根是家鄉的性格，永遠鮮明不退。現在，我非常喜歡陪老母逛傳統早市，雖然地上仍然溼滑，血水仍腥，我改穿包鞋保護雙腳，戴口罩保護鼻腔，那些在市場擺攤數十年，早已熟識的阿叔、阿嬸依然熱情，更多在地人才知道的古早味小吃攤人潮絡繹不絕，而我常常是排隊人潮的其中之一。

就讓不潔的記憶卸下重擔，記憶只是記憶。

曬太陽

雖然北加州的天氣得天獨厚，一到冬天卻也免不了個把月的雨季。記得有一年冬天，綿綿細雨下足一個月有餘，那個冬天，加州人好哀愁，陰晴不定的心和天氣，連車子都不會開了（加州人不擅長雨中開車）。今年的冬天來了幾場暴風雨，吹倒街上幾棵大樹，數十年的老舊房子抵擋不住狂風暴雨，出現了屋頂漏水、後院積水、窗檯滲水等大小不一的災情，灣區人工短缺又昂貴，受災戶苦不堪言。由於溫度低加上溼氣足，距離灣區五個小時車程的太浩湖開始降雪，喜愛滑雪、賞雪的友人帶了雪鍊立馬上山，說是不能錯過大雪盛景。剛到美國的頭三年，年年上山賞雪，雪花打在臉頰沒有浪漫只有沁入骨頭的寒，雪下得最大的那一年，我跟先生與一對夫妻友人上山，一時大意讓喉嚨受寒，氣管都給咳出來了，朋友不忍，拿出珍藏的紅蔘泡茶讓我喝下，沒想到才十來分鐘就不咳了，一直到隔天下山沒再咳一聲，那杯紅蔘茶救了我的氣管。

於是乎，若有親戚友人打算冬天到加州度假，我會好意勸阻，加州的冬天跟仙度瑞拉的後母一樣讓人心灰意冷。整個冬天對我來說最期待的日常便是曬太陽。冬日清晨，從溫暖窩醒來下樓煮咖啡，等先生洗好澡一起坐在窗邊吃早餐，如果天氣晴，陽光便會穿透三面大窗潑灑在木頭桌上，連木頭紋理都一清二楚。陽光將早晨熨得服服貼貼，那一天便是好日子，先生上班後，我取出念珠開始一日晨功（念經），通常，冬陽會在我家餐廳逗留三至四小時，我便利用那四小時好好的將全身上下曬一曬，臉頰烘得溫溫熱熱的，比暖氣還要舒服。冬天的陽光給人充滿希望之感，大自然的侍候就像母親，那樣的隨時隨地、心甘情願，理所當然。

我家是新建小區，小區內有個小公園可散步，公園裡有桌子椅子和幾個烤肉架子，鄰居印度老奶奶經常揪眾在小公園曬太陽，還有住戶媽媽們帶著小孩在公園騎車玩耍，好不熱鬧。我很少出現在公園裡，雖然戶外的陽光讓人醉心，然而公園偏小，大人小孩全湊在一塊兒，我的人群恐懼症便又要犯，只好端坐在屋裡讓太陽進來曬。

說到院子，我家只有一個前院，四四方方的，但是前院就是前院，坐在那兒幹啥事都會被瞧得一清二楚，送快遞的老哥經過都免不了要瞄一眼。因此，我家前院只剩下植栽的功能，薰衣草和迷迭香是它的主人。在加州，舊式的宅子通常有前後院，後院是家人活動的地方，烤肉、聚餐、閒話家常。我天生膽小，白天我一人在家，總是幻想壞人闖進後院，或是半夜睡覺有人攀牆，偌大的後院只有及腰的竹籬笆圍住（加州不時興鐵門鐵窗水泥牆），陌生人一躍便進，安全感盡失。因此，縱然抱怨沒有後院曬太陽，真要跟內心的不安相比，我寧願選擇沒有後院的新式建築，至少讓我一覺到天亮。

在後院曬太陽這件事，也許未來某一天，我能夠找到一間附有小小且隱匿感十足的後院，最好跟鄰居相連，這樣才能算一舉兩得。

難以調伏的心

大部分的民主社會，法律條款保障一夫一妻制，若是男女任何一方在外偷情被人贓俱獲肯定要吃上通姦罪，這樣的制度我們很熟悉基本上也認同，法律也在遏阻有色無膽的人兩相權衡之下收斂不安分的心（色心色膽兼備之人不在討論）。然而，在某些少數民族社會，一夫一妻的制度並不適宜，舉例來說，在物資極度匱乏的西藏高原，一個家庭窮盡所有只能娶進一名女子持家生養，無奈家中兄弟成員浩繁，若是每個兒子都要娶妻，全家人恐怕要喝西北風。這樣的社會，兄弟跟同一名女子結婚是常態，甚至在情況不得已下，父子也共妻了。當地人都習慣這樣的制度，所有的制度都是為了因應（方便）人類生活，縱然在大多數的社會裡，一夫一妻是公平正義的象徵，但生活在艱困的環境中，如何讓自己以及全家人活下去才是最重要的事。

群居社會不存在絕對的是與非，相同的事件在不同文化、不同立場、不同角色裡有著不同意義的存在，身而為人，必須理解，理解同樣一件事置放在不同的人身上所產生的多樣貌。舉例而言，人心沒有純善與純惡，哪個多哪個少的比例差別而已。人總是習慣攀緣與外求，內心一旦不平靜，沒有幸福感，或是生活少了重心，第一時間便是找別人的立場、別人的幸福、別人的價值觀來安撫自己躁動的心，那些向外求得的東西都是別人的，拿別人的感受來建立自己的價值，實在惹人發笑。只要是人，不管是和尚、尼姑、牧師、修女，任何品德高潔之人，一輩子都在跟內心的佛與魔角力，再善良的人魔考一來也有惡劣念頭，逞凶鬥狠之人看到小狗狗落水也會奮不顧身，人，最大的敵人從來都是佛與魔共存的心。批判他人很容易，用有限的智慧去批評他人的對錯是一件十分危險的事，智慧不足，理解深度不夠就開口議論他人損害他人，除了對當事人造成傷害，也煽動了社會和人心更加不安定。夢參老和尚說，「當修行有功力了，管他好大的風浪，我永遠不動，不隨風而起浪，這叫止。」

止，不是不說，而是不在風頭浪尖上隨人起舞，止於外在事件對己心的拍打，如此一來才能直觀事件的核心，觀出自己與事件的對應關係。凡人畢竟是凡人，修行功夫再高，有時也難以應付境界的考驗，說與做，永遠是兩回事，不是行言不一，而是佛與魔的反覆不定，還有宿世業力的干擾。

當所有因緣同時胡攪蠻纏起來，禪定功夫再深也會破功，如果修心功夫不足，請務必閉嘴別輕易嘴炮他人，因為境界來了，自己恐怕淪陷得比別人還要徹底。

空的

前幾日在網路媒體讀到台灣一名二十四歲的男子趙先生與七十五歲的英籍男子安迪結婚，相差五十歲的戀情在網路上引起熱議，熱議的點有二：一他們是一對跨國同志情侶，二他們的年齡差距等同於爺孫級的。婚禮當天，攜花祝福的人有五百，他們多數與新人互不相識，卻以行動支持這份愛情開花結果。參與者在鏡頭前侃侃而談感動和祝福，同一時間有人在鏡頭外（新聞頁面的留言處）發表刻薄言論，一件事，百種姿態，千種祝福，萬種毀滅。

這個現象十分有趣，不管是支持者還是反對者，他們都在守護自己的價值觀，守護私人立場，說到底，七情六慾主宰下，再客觀的立場基本上都是偏頗的。先生是基督徒，對於同志這類的話題始終噤聲，他所理解的教義不贊同，而同性戀卻是一個客觀存在的事實，存在就是存在，不是誰來反對、誰多一點支持，整體情況就會改變。說穿了，要改變的是自己，若是改變不了，那就縮小自我，少說話藏拙，以免曝光了視野上的淺薄。先生不高談闊論個人立場，也沒什麼好討論的，他的意見與立場對當事者來說簡直無關緊要，只是一個遙遠的陌生人。

趙先生與安迪的「跨國同志忘年之愛」是中性事件，沒有好與壞、對與錯，旁觀者有的贊成，有的批評，好與不好都是從自己的心出發，你覺得好，他便是好；你覺得他差，他便是差。這個世界亂了套，正是人心的苛刻與淺薄惹禍，自我感覺良好的人太多了，以為個人意見放諸四海皆準，經常沾沾自喜。你若覺得同志不好，攻擊的不正是自己狹隘無愛的心嗎？見人是佛，自己是佛；見人是鬼，自己不是鬼是啥。有慧根的人，不僅能夠體認世界上每一件事都是中性客觀的，還能進一步認識「空性」，宇宙本是空，是因緣、是人的喜怒哀樂把虛無宇宙搞得烏煙瘴氣垃圾充斥。也許你會說，宇宙怎麼會是空的？房子、桌子、車子，都是實實在在的物件啊。寶貝，這有點難，容許另篇再述。

有人的地方不會清淨，每個人都在客觀事件上力爭自己的主觀，爭的始終是自己的觀點，而非事件的本身，想想多可笑。既然談到這個邊上了，也湊點政治邊，究竟是藍色好還是綠色好？這要看你的眼珠子是藍色還是綠色。

趙先生與安迪的緣分，久遠劫來的某一世已注定，今世相遇只是尋常，不只是他們，人與人的相遇都不是偶然。緣分這東西錯綜複雜，非三言兩語可釐清，我們該做的，是如何把今生的緣給圓滿，將惡緣變成善緣，將善緣轉換成祝福。可惜的是，當兩椿惡緣相遇，不是你死就是我活，十之八九難以善終。可嘆。

我的小密室

不記得是二〇一三年還是二〇一四年，當時移居美國未久，英文口說不佳，朋友圈也正重新定位中，雖然每天都有認識新朋友的機會，週末活動也挺多，內心仍有空虛之感，那種空虛不是認識多少新朋友可以一比一的填充，像是一種被連根拔起的不由自主，肉體與靈魂的錯落，好比肉體在美國，靈魂擱置在台灣，心境永遠跟不上現實生活的速度。當時除了寫稿就是逛陌生人的部落格，有一天逛到一位住在溫哥華的女孩的網誌，讀著讀著就被她的文字感動，一點點文字上的神經質與我莫名合拍，於是厚臉皮的提出交友要求，說也奇怪，女孩竟然同意加友，對照現在的她的冷漠，當時的她可能沒睡飽，誤按同意鍵也亦未可知。那名女孩叫艾美。

加入噗浪後，從早到晚掛網講沒營養的五四三，艾美介紹許多噗友讓我認識，我的噗友從一個變二十個，二十個人，一人開一個話題，一天就溜走了，先生下班回來灶經常是冷的。我花了兩年時間在噗浪鬼混，跟噗友培養虛擬感情，感情「穩固」之後，我便撤退了，一來深感時間寶貴，二來希望多撰寫勸世文彌補在噗浪造的口業（大笑）。離開噗浪後的某一天，西紅柿突然福至心靈，開了一個名為小密室的群組，十名昔日噗友轉戰小密室，期間唯一的綠草不得已出走，後來加入了澳州來的女孩催花，因此人數始終保持在十位。慢慢的，大家從虛擬世界走進真實世界，相約碰面成了實際往來的朋友，從網交成了面交，再走回網交，虛虛實實，若即若離。

十名小密室成員來自五大洲，由於居住的國度不同、職業不同、個性不同、境遇不同、困頓的點也不同，因此話題始終澎湃。成員之間有話直說，各抒己見，一言不合鬧起來的也有，坦然道歉之事也常發生，人多嘴雜，有人的地方就有爭端，幸運的是成員之間的交流大都正向而光明，縱然常將人性陰暗面挑逗得十分血脈賁張，最後總會回歸勸導，這是小密室情誼能夠唯持多年的原因。小密室性質雖為網交，卻也免不了文字上的擦槍走火，是一種新興的人際關係模式，不那麼真實又那麼脣齒相依。我是極端獨處之人，與人互動太多會耗費能量，小密室的往來模式對我來說正面大於負面，幾年下來，我始終珍惜。

二〇一八年底，我從小密室離開，噗友貼心並未追問原因，對我來說，不追問是尊重更是成熟的人際模式。暫離小密室雖然是匆促下的決定，但是當時我感覺自己安住的時刻越來越少，情緒容易隨境界翻轉，內心的能量正在一點一滴消失，如若無法帶給他人正氣，也不要讓渾濁的氣場弄髒了他人。緣分不容易，今生相遇的人絕非偶然，就算非善緣也要懂得面對、處理和放下，盡可能學習跟每一段緣說謝謝、對不起。離開小密室，八卦話題少了許多，生活變得更加單純，本以為會有不適，會有一段陣痛期，沒想到竟是無痛分娩，自然而然過得一切彷彿理所當然。我跟艾美說，等我能量充飽便會重返密室，總有一天，在這之前，間接知道大家都好都平安一切便好。

緣分起起落落，來了又走，走了又來，緣聚便有緣滅，不管是朋友還是親人，終其一生我們必須學習面對的功課。

以前的人

身邊的朋友多數只生一個，頂多兩個，生四個是奇葩，需要被致敬。選擇不生的人也不少，理由是「生吃都不夠，哪有剩餘曬干？」何況有些人還得付孝親費，總之，老父老母無法棄養，只好捨棄小孩（橫豎還沒生）。

某一次跟朋友聊到帶小孩多難帶的話題，我家先生突然拋出一個問題：以前的媽媽們生那麼多都是自己帶，是怎麼辦到的？這個問題問得十分有見地，朋友從未思考過這個問題，一時半刻也答不上來。我家先生對七歲以下孩童過敏，年近半百的他未曾與小孩獨處超過三十分鐘（也許十分鐘都不到），對於帶孩子的種種魔鬼細節一無所知，所以他的疑惑情有可原。我雖未曾生育，但是照顧哥哥的女兒到兩足歲，那是最辛苦的時期，所以帶小孩的困頓與窒息感，我算是稍嘗箇中滋味。從媽媽的立場來看，照顧小孩這件事沒有昔日與近代之別，都是拆自個兒肚皮生的，既疼又痛。如果從男人的角度來說，更加沒有差別，大部分男人認為自己的工作是出門賺錢，照顧小孩不用出門而且賺不了錢，所以跟自己無關。從婆婆角度來看稍有不同，照顧孫子從必須變成非必須，現代婆婆越來越懂得打理自己，也終於體悟到孫子是媳婦生的，爬滿皺紋的手不要伸太長以免惹人嫌。

以前的人帶小孩比較單純也安全，鄉下有鄉下帶孩子的方式，大的揹小的，小的牽更小的，阿貓阿狗都是玩伴，大人無需擔心孩子走丟，吃飯時間沒見人影，田邊找一下，許是玩累躺在田埂上，枯草當枕，白雲當被，風是母親的呢喃。而都市有都市帶孩子的方式，阿公阿嬤住鄉下馳援未及，爸媽上班，鑰匙兒童只好自立自強，邊做功課邊看卡通等媽媽回家做晚餐，日復一日，慢慢長大。以前的大人小孩活得比較堅強，日子健康心態健康，肉體與靈魂跟阿里山的神木長得一樣粗壯，心態不嬌貴，養小孩也容易，加上社會風氣純樸敦厚，壞人只出現在連續劇，現實生活（依稀）不存在，整體社會都是孕育的搖籃。

現在的人養小孩，既累且苦，需要有打落牙齒和血吞的勇氣。經濟環境早已大好，金錢無虞了安全卻堪慮，現代科技建立的新興社會也是金錢堆砌成就的社會，一切以金錢為主軸，好像錢少了，什麼事都做不成了。這也是我一直在思考的問題，沒有 **I phone**、**I pad**，是不是生活就不完整了？沒有跑車、名牌包、豪宅，是不是生活就缺一角了？寒暑假沒有到國外度假，是不是生活就走到死胡同了？現代的人養小孩就像台北一〇一壓頂，就算不求富貴，只想安心生活都嫌奢侈，整個社會統統在扯後腿，治安、價值觀、政治、人心，七成險惡。

先生說，以前的媽媽們本事大，生再多都能帶，說的其實也沒錯，因為大環境友善，金錢少了一點，享受少了一點，但是活得真是自在，所以說金錢不是幸福的標準。稍有匱乏的日子，臉上的笑容才是真的，要不你說餐餐只能七分飽，沒有剩餘當宵夜還笑得出來可見不假是吧？現在的人養小孩養得力不從心，因為每分每秒都在擔心受怕，一種從金錢延伸出來的萬種憂慮。

祂的膚慰

忘了在哪兒聽到的一句話，「科學是在已知的答案中作選擇，宗教是在未知的領域作決定。」這句話我反芻了好多年，也在這些年意外印證許多科學無法解釋的現象。如果科學是人類集合智商推演的答案（或說結果），那在科學之外呢？在人類智力無法觸及的部分呢？是要眼不見為淨，還是全盤否認？我們必須承認肉體的限制，肉體當然包括大腦。

如果你覺得可憑個人智商和經驗掌握人生，覺得自己就是主宰者，從來不需要向天、向宇宙低頭，就算遭遇困難或絕境，仍然認為那是偶然的倒楣，可計算的倒楣，反正誰的人生沒有倒過楣，這樣的思維容不下任何一隻「看不見的手」來左右。一個人無法容納、無法承認老天爺會適時的「插一手」，不管是好意還是基於緣分，也就無法領略人類智商之外的因緣，因為這個緣分從「謙卑」起，「圓滿」於智慧。貢高我慢，唯我獨尊的人，大腦與心靈再也騰不出空間思考天地形而上的問題，這樣的人只能局限於世俗的聰明，與世俗渾渾噩噩一輩子。

媽祖在大部分台灣人心中是堅不可摧的信仰，每年三月數萬人與媽祖同行，走一段自我修行之路，日曬雨淋，腳底磨破了，膝蓋跪破了，體力在崩潰邊緣，精神卻有如飲了瓊漿玉露，更像雨後的天空，清晰透亮篤定，在行走的過程中，與內心的脆弱、極限、恐懼面對面，然後一一拭亮，走出前所未有的勇敢。表面上是自己陪媽祖走一段進香路，實際上是媽祖以及成千上萬的信眾陪自己走這一段，只有親身走過的人才知道獲得了什麼，感受到了什麼，安穩坐在電視機前吃零嘴酸言酸語是最無福消受的人，因為無知限制了想像，在全然不知的領域裡大言不慚自己的見解也是頗見笑。

台灣人為什麼需要大量的信仰呢？那是因為台灣人善良也脆弱，「舉頭三尺有神明」、「善有善報惡有惡報」的精義深入骨髓，所以我們相信人類之外，看不見的神（佛祖、耶穌、聖母、阿拉）主宰世界萬物，在祂之下，我們學會謙卑，懂得懺悔，學習付出，知道去愛，也明白人無法勝天、自助天助的道理。當我們受傷委屈需要膚慰，祂是我們訴說的對象，像母親一般，始終聆聽，永遠的支持著。我們都需要宗教的膚慰，不管任何教派，人心脆弱而危險，祂的角色是救贖，救贖赤裸裸的我們。

俗話說，佛渡有緣人。什麼叫有緣？就是隨順因緣。沒有信仰的人遇到難解之事，去翻翻《聖經》，讀幾行字，答案就在字裡行間，並非耶穌會浮字，而是困難由心起，經文是抒心的藥方，心不受困，難自然解了。或者，讀讀佛經也行，《可蘭經》也行，端看因緣，端視困難需要何種藥方來解，那便是緣。至於託夢，那屬於更高級數，在我的觀念裡，如果有哪尊菩薩願意託夢教我吃穿不愁的方法，自然是好，非常好，不得了的好。

第一次考美國駕照就上手

十八歲那年，為了證明自己長大了，厚著臉皮跟老母要了一筆錢學開車，教練場待了一個月，將路邊停車、倒車入庫、前進後退、直線前進等考試技巧操作得十分得心應手，心想，只要不出意外，我有九成九的把握拿到汽車駕照。筆試通過之後，教練幫我排定了路考，考試當天，車子開出去不到一分鐘便撞上安全島，坐在一旁的考官憋笑全寫在臉上。生平第一次路考就在莫名其妙狀況下結束了，事後回想當時為什麼會將車子開上安全島仍是一團解不開的謎，那一分鐘的記憶被刪除了（可能打擊太大選擇失憶）。一個月後，我再次出現在監理所，特別記取第一次的教訓避開安全島，十分鐘之後便完成考試路線，正式拿到駕照。

二〇一三年，到美國的第三年，在朋友建議下，我決定報考駕照，解決沒車等於沒腳的困境。先生幫我網路預約報名，我閉關在家研讀三個星期便通過筆試。筆試之後，DMV（類似台灣監理所）給我一張陪伴駕駛的單子，也就是說，我必須在有合法持有駕照者的陪伴下才能開車上路（練習），先生為了夫妻情分著想，花錢僱教練陪我練車，半個月裡練了三回合便到DMV考試。行前，教練拍拍她的胸脯保證我絕對沒問題，先生出門上班前給我愛的鼓勵，他說第一次通常是練經驗，平均第二次或第三次才會過關。在DMV等了一小時，終於輪到我上場，一名身型微胖的白人女士逕自坐上副駕駛座，指示我操作幾個簡單的動作之後便說let's go。我載著她在大馬路奔馳，一邊注意路況，一邊聆聽她的指示，換道、轉彎、停車、重新開動，從大馬路彎進小巷弄，再繞進學區，再奔回大街，二十分鐘裡，遇到的狀況都是突發性的，必須靠自己判斷處理，考官無法給予提示，只要考官一開口，便注定是一場失敗，直接回DMV。二十分鐘之後，我回到了DMV，教練迎上來，主考官遞給她一張「pass」的成績單，我瞄了一眼，上頭註記五個錯誤，算是驚險過關。回到家，立馬傳訊息給先生，他驚訝到無法打字，因為他當年考了兩次才過關。

台灣、美國駕照的取得方式非常不一樣，台灣是在監理站的考場裡進行，只要靜下心將考試路線走一遍而且不出錯，基本上就能通過考試。然而台灣監理站的考場是人為設定的安全環境，沒有所謂的「突發狀況」，比如移動中的卡車、校車、摩托車、腳踏車、行人，百般考驗駕駛的反應能力，以至於拿到駕照的新手三寶在馬路上頻頻鬧實驗，製造出的車禍不計其數。回想當時在台灣開車的橫衝直撞以及未顧及路上弱勢（行人）的老大心態，打從心裡慚愧，在美國，尊重弱勢（行人、摩托車）是取得駕照的基本教養之一，坦白說，現今台灣的行人在馬路上仍然弱勢，開車最大的心態並未被矯正。

在美國開車是舒服的，行人永遠最大，遠遠就得讓行，單車騎士、機車騎士是移動的肉盾，能離他們多遠就多遠，肉包鐵承受不住一丁點的碰撞。在美國開車，大車必須謙遜、必須禮讓，當然美國（特別是加州）是大熔爐，各族裔也免不了出現幾枚三寶，華人就不用說了，印度人搶快和漠視交通的蠻橫行逕跟華人相較起來也是不遑多讓（扶額頭）。

丈夫與垃圾車

傍晚，〈少女的祈禱〉在大街小巷穿梭悠揚，巷子口馬路邊，滿坑滿谷的婆婆媽媽豔婦小帥哥拎著家裡的垃圾引頸企盼少女的到來。父親還健在時，在屋外擺了一個九十公分高的藍色塑膠桶，老人家不厭其煩天天蒐集垃圾到藍桶裡，待桶子隱約逸出果皮味，他才意識到該追垃圾車了。這是父親處理垃圾的方式（說儀式也行），一星期一次，優點是無需天天跟垃圾車糾結，壞處是屋外總有一股若有似無的異味飄散著，徒惹鄰居白眼。

父親往生後，老母不太理會家務，因此丟垃圾變成我的責任，我將屋外大藍桶丟了，堅持每日新鮮丟，代價是我的傍晚從此被垃圾車綁架，無法出門也無法處理重要事，在黃昏中將夕陽一寸一寸熬到盡頭，也熬過等待垃圾車的苦難。婚後移居美國，老母不得已承接家務，倒垃圾變成她晚年生活最大的不便。傍晚五、六點，鄰居一個兩個三個慢慢聚集在巷口，三姑六婆閒話家常，每個人都知道林大華的媽媽被他爸爸打傷離家出走、陳志龍的媽媽跟市場賣魚的老闆出去唱KTV一個晚上沒回家、林大標在學校毆打校長被退學、美君的阿嬤上山採竹筍失蹤三天才被警察找回來……。這些生猛日常我家老母一丁點興趣也沒有，不愛理會別人的閒事，更不喜歡私事被打探，她的耳朵和嘴巴在出門倒垃圾便會突發性的失能，久而久之，鄰居以為她罹患老人癡呆症，也有人說是卡到陰，除了寄予同情外，管不住嘴巴的人還是會講一些她老人家的小八卦，比如門牙掉那麼久還不去補之類的，反正無傷大雅。

話說回來，我極同理我家老母，為了解決臨到傍晚就要扮演失聰失語的痛苦，我建議她早上載垃圾去找〈少女〉。清晨七點鐘，只有趕早的學生上班族，整條馬路安靜得像防空演襲，她在清潔隊的側門找到屏息一夜的垃圾車，好整以暇的丟包，一包兩包三四包，再慢條斯理的騎到菜市場買個燒餅油條回家吃，倒垃圾情結在早上八點之前具體結束。

搬到美國，我擺脫等垃圾車的噩夢。移居的頭幾年，我住在一座百來戶的大型社區，住戶多，每二十戶便有一處公共垃圾區，垃圾車一星期清理一次，住戶愛丟就丟，沒有時間限制。當年我與先生住二樓，倒垃圾這件事畫在先生的職責範圍裡，因為我曾經拎著一包垃圾滾下樓，狼狽就不說了，整座樓梯灑好灑滿我家的垃圾，收拾的困難讓我欲哭無淚。那次之後，先生為了避免我家垃圾再次外露，只好勤勞檢查垃圾桶，發現八分滿，他便火速搶丟，刻不容緩。

三年前搬離可愛的大社區，新成立的小區獨門獨戶，每戶人家配有大型垃圾桶和大型回收桶，平日收在車庫裡，收垃圾的前一晚，住戶才將垃圾桶推出來，傍晚下班回家，桶裡的垃圾已被清空了。美國的垃圾車是駕駛兼收貨（校長兼撞鐘），自動化的垃圾處理器減少人員勞動，也讓民眾免於等垃圾車的痛苦。自從搬到新住處，倒垃圾這件事莫名其妙回到我身上，先生說，垃圾桶有四個輪子好推好使好古溜，我就負責到底吧（不知為何，我的拳頭有硬的感覺）。

有華人的地方，好食不會缺席。

我曾粗略計算了一下，依我兩口之家，每個月花在團購的錢不下於五百美金，這五百元單指熟食團購部分，不包含日常超市採買。團購顧名思義，就是大家集合買，賣家可衡量，買家可省荷包，兩方得利。不過這樣的說法並不適用灣區團購，除了價錢不親民，某些平日難以取得的貨色（食物）可能比上館子還貴上幾成。我曾聽過不少人訕笑灣區主婦一點也不精算，買貴了還沾沾自喜、自得其樂，而且欲罷不能。其實灣區的團購性質與台灣些許不同，除了可省上館子的小費，最重要的是節省時間，尤其夫妻兩人都在上班，回家打開冰箱把食物送進微波幾分鐘就有熱騰騰的美食享用，在吃的方面省時省力才是灣區團購真正吸引人之處，價錢倒不是最重要的。

灣區主婦的救星

喜歡團購的主婦們，也許有少部分人跟我一樣不喜歡處理生肉生蝦生蛤蟆之類的食材，當然也有職業婦女被工作所綁，無法準時回家做飯，更有那種再怎麼努力還是煮不出一道像樣的菜而自我放棄，總之大家各有苦衷，不便探討。我參與灣區團購年資已有六年，不知不覺壯大我的偽貴婦心態，先生說，我是「假貴婦真享受」，我一點也不想反駁，至少在食物這一塊，我的隨心所欲是他放縱和默許的結果。我真心覺得在平淡的家庭生活中，女人可以在一個範圍或在一件事情完全的自主，而且只需專注在自己的需求和喜好，藉此得到滿足，那麼再怎麼平淡的日子都會過得神清氣爽、輕盈自在。女人在婚姻裡獲得自由與尊重會容光煥發，儘管這份自由與尊重可能只是從最簡單的食物來。

不少家庭基於孩子要上學、先生要上班、機票太貴等理由，總是三五年回不了台灣一趟，家鄉的美食無法即刻品嚐，多花一點錢團購台灣小吃（麵線、春捲、肉丸）無可厚非。對他們來說，除了鄉愁被安撫，從經濟層面來說，更是實惠到家，這是一種「花零錢買幸福滋味」的快樂。台灣是一個不需要煩惱吃食的國度，小七、全家都是你家，再不濟事，巷口的蔥油餅、魯味攤，或是一碗陽春麵、一盤臭豆腐都可以輕鬆滿足味蕾，星星餐廳也是任君選擇，只要口袋夠深。台灣是一個有錢沒錢都能品嚐美食的天堂，甚至有些火紅的銅板美食受歡迎程度遠遠超過高級餐廳。

回到正題，兩口之家，除了早餐容易處理，午餐、晚餐的準備都很惱人，每星期要幫先生準備三個便當讓我有一種老狗變不出新把戲的困窘，團購的出現簡直是我的救贖、我的恩公、我的再生父母。舉例來說，一份三杯雞做兩個便當綽綽有餘，我只需要燙個綠花椰菜就行了，無需東市買雞肉、西市買九層塔，更不用處理腥味充腦的生肉，一頓飯煮下來，我的背駝了、腿也瘦了，情緒更差，免不了將怒氣轉嫁先生，夫妻感情總會受影響。先生知道我無心在廚藝上精進，為了自己的日子好過，讓我發落所有的吃喝，他的責任是吃、閉嘴、取貨，以及月底的帳單。自從加入團購，我們已經很久沒有吵架了。

在一起的模式

我們都害怕孤單，而且不夠勇敢，更不相信自己，所以選擇一種模式安頓自己的恐懼與不安，那個模式可能是單身、結婚、同居、外遇、一夜情等等。有人說，選擇單身的人是因為樂於享受孤獨，把獨處的時光視作個人的生活沉澱，在任何境界裡都能隨遇而安。但也有人說，選擇單身的人是被「恐懼」強迫單身，因為害怕受傷、害怕分離、害怕失去，所以決定逃避所有可能的傷害。我把自己的恐懼安頓在婚姻欄位裡，在婚姻的選項中走不生孩子這一途，為的是逃避從我身上衍生的親情關係，沒有小孩的婚姻關係我比較能夠游刃有餘。人生中，多一道關係便多一道無解；人生中，少一個角色便少一個糾結，這是我的選擇。

前陣子某藝人外遇鬧得沸沸揚揚，網友們稱許元配美麗善解包容大度（好像還說身材很好之類的），把一樁岌岌可危的婚姻穩定下來。但也有網友說，那是因為元配缺乏謀生能力，所以遇到崩潰性的考驗沒有選擇，只能用委屈和不得不的包容原諒對方。其實這些解讀都是個人角度，一百個人看同一件事會有一百零一種解讀（多出來的一個是牆頭草）。人類心思複雜連人類自己都無法駕馭，元配原諒不原諒不只是單純缺乏謀生能力和太愛那根甘蔗（渣男原型），而是太多太多數不清的共同情感糾結矛盾在一起，最慘的是還有三個小孩和稀泥，以致讓女人無法瀟灑離開。在背叛中繼續婚姻關係並且原諒是元配安頓恐懼的模式，也是她的選擇。

好朋友純子五年前跟男朋友到日本學藝術，她跟男友森在一起十二年了，從來沒有考慮走進婚姻。她與森相知相惜，彼此仰慕，兩個學藝術的人，思想與性格從來不在傳統的框架裡。純子與森二十歲就在一起，兩人同樣來自單親家庭，當同齡的朋友上大學出遊吃喝玩樂，他們早已揹上人生包袱走了好長一段坎坷，因為遍嘗人情冷暖，所以知道自己要過什麼日子。純子曾說，如果有一天森離她而去，她會遺憾，只是如果靈魂已經無法對話，肉體的綑綁只會加速兩人的窒息，不如放手。純子把恐懼安頓在同居模式中，也懸掛在隨時單身的假想中，彈性化恐懼是她的選擇，也是她靈魂最終安置方式。

最大規模的在一起模式是在婚姻關係中生養小孩，在經濟能力許可的範圍裡持續生養小孩，把最真摯的情感置放在自己製造出來的小孩身上，享受血濃於水的愛，感受親情的索討、予取予求、付出、依賴、理所當然和不求回報。做牛做馬、風吹日曬，忍受被上司咆哮、被同事算計、被朋友下咒的一切不合理，為的就是賺錢養家，把小孩養得白白胖胖知書達禮人見人愛，把老婆養得珠光寶氣瑞氣千條帶得出場，然後在心裡默默覺得人生完美。他們把恐懼安頓在婚姻關係中的家庭成員身上，期許用愛與犧牲增強未來面對痛苦（考驗）的勇氣。

而親愛的，你們的模式是哪一種？

我的真心在頃刻間起落

此生若能遇見真心相待的友人，一個就好，不論開心傷心得意或失意，皆能真心為自己鼓掌拭淚，我敢肯定，這樣子的人上輩子一定有扶老人家過馬路，或是給外地人奉茶指路，總之就是不為名不為利的積攢著好事。其實我想說的是，此生能遇見肝膽相照、不離不棄的朋友皆由我們的機運左右，無法強求更無法刻意，一切照緣分走。從懂得交朋友到今年四十歲，友人不知換了幾輪，曾經認真往來的那幾個也在某一個時機分道揚鑣，情分逐漸歸零。你問我會遺憾會失落嗎？緣聚緣滅，再正常不過。我非嘴硬，也不是逞強，交朋友這件事在我的人生中本來就不是列為「至關重要」的項目，得失心不重，也就不容易傷感，人生數十年，運勢起起落落，何況是人心，分秒都在變。友誼這檔事，說到底就是勉強不來。

家人說我很不人情世故，活在自己的世界裡，連同溫層都沒有。先生也覺得我活得乾脆俐落，人情世故跟我無半點關係。他們把我形容得太冷了，不完全如此這般，但我承認「人情世故」這件事對我深感困擾。拿幾個例子來說，我媽心中的人情世故長得很不稱頭，比如某親戚不仁不義，為了顧及日後好相見，人情留一線，堅持吃虧就是占便宜，反正天公疼憨人（攤手）。手足們的作法雖不到鄉愿的地步，卻也是顧情面一族，寧吃暗虧也不願撕破臉，僅在心裡提防而已。而先生的人情世故樣貌更憨了，親戚間的新仇舊恨讓它 let it go，不論前因後果是與非，能幫就幫，這是家族的傳統。重感情的人把「人情世故」端在頭上過日子，牽扯層面之深之廣，台灣人凡事講人情，牽一髮而動全身，日子過得忐忐忑忑、綁手綁腳，可嘆的是，綁線的人永遠是自己。

在我的情感網絡裡，唯有真心二字，沒有太多的假性牽扯，尤其是那些披著友好外衣而圖個人利益之人，我的冷漠與拒絕從來不客氣，不管對象是親是疏。但我永遠記得當年在台北當護士的小阿姨每年帶回來的新衣服溫暖了我們的心，那些年家裡不好過，小阿姨無私的愛灌溉了一貧如洗的家境，讓我們有了父母以外的愛滋養。小阿姨離世三十年了，她的愛，永生難忘。

人與人之間的往來不求量，但求精緻、求單純、求真誠。一顆不求回報的心，得到的是永遠感恩的情。友人來來去去，對我真心的，我回應也真摯；對我假意的，我便是無視無感無作為。先生總是說，多交朋友，朋友是資產，晚年知心幾人，人生才圓滿。我贊成先生的論調，只是我不願意用集資的概念交朋友，喜歡彼此、欣賞彼此，自然而然會走在一塊兒，往靈魂的深邃處圓滿今生的緣分。我們都得明白，強摘的果子不甜不是？

讀到好友美嬛在網誌寫的一篇文章讓我忍不住洋洋灑灑一大篇，希望她讀到我此時此刻的真心。

再見臉書

喜歡獨處、不喜歡爭執；習慣安靜、不習慣張揚，有人說這是低調，我雖認同卻覺得有點搔不進癢處，低調帶有一些刻意，不是隨性而起的行為。細數荒廢臉書更新已有三年的時間，不是完全不使用了，而是偶然轉分享一兩則需要被推高的消息，如公益訊息或是挹注弱勢活動，私訊的使用則是保持暢通。

當初與臉書疏離是為了活出自己，從複雜的虛擬社群抽身，不再跟阿貓阿狗阿飄在電腦前交代吃了什麼、喝了什麼、睡了什麼，難過了什麼以及不爽了什麼。這些東西跟他人究竟有什麼不得了的關連或是不得不說的關係呢？說到底只是滿足了自己的偽明星心態，在螢幕前盡情揮灑自我、強力曝光我擁有的，尋求一種虛無飄渺的認同與關注，如此而已。再造口業一點，是不是少了成千上萬的眼光注視著自己，就突然不知道怎麼活了？

這是我疏離臉書的理由，非常的自我、非常的獨善其身。然後有一天，我尊敬的出版界長輩的一封信拍醒了我，她的信很簡短，但是一語中的，如果要用一句話概括，那就是「怕熱就不要進廚房」，這是我覺悟後給自己的八字箴言。覺悟後我建立了個人粉絲頁，邀請久未聯繫的臉友光顧，初始加入的臉友不多，我零星寫著，也零星有人來看，是點擊是回應，都讓我有如獲至寶的感受。觸及人數多寡並非我寫與不寫的重點，這是「工作」，或說「志業」好了，都是自己的事，做與不做皆出於己心，與他人無關。寫著寫著，三十天也就這樣風蕭蕭雨涼涼的過去了。

粉絲頁成立其實也說明了我正視自己是作家的事實，不再老想當白帥帥的素人（有火紅過嗎？）。再者，我終於拿出勇氣面對出版市場不佳、紙本停滯的現實。第三，我承認紅顏已老，新讀者需要經營和回饋。最後，我決定盡一個作家的基本責任，用文字擦拭他人心中暗痕。順帶一提，不少人問我為什麼不寫情色小說或是兩性文學（含性），點閱率高。是說，我看起來有那麼缺嗎？我先澄清，不是說情色文學就低級，我也沒在裝清高，只是那非我強項，我更不願意用文字撩撥他人的性慾（撩起來對我有何益？）。

此一時彼一時，人的想法總是隨著時間變化，從前覺得礙眼的人事，十年後再看變得俏皮順眼，心境像時尚，十年一換，一換又是十年過去。尊敬的出版前輩是我的貴人，在她眼皮子底下出了兩本書，她對文學人的疼惜與提攜有目共睹，與她親近的人有福。我敞開作家之心之眼，真心誠意分享生活與眼光，對比美國與台灣迥異的文化背景，撰寫美食經驗，記錄旅行途中值得謄入生命的過眼雲煙。身為作家，便是半公眾人物，雖然不需要站在鎂光燈前讓人評頭論足，卻需要以文字面世，而文字又常常是作者心之所想，比起明星藝人，作家相對赤裸。明星用外相與人交流，而作家用心詮釋。

不住一起

父親離世後，我家老母學習獨居，內向又沒主見的她特別不適應，從年輕到老，她就喜歡全家人窩在一起，房子再怎麼小都沒關係。她曾經北上跟我兄弟住過一陣子，但是老人家與年輕人作息不同、生活習慣也不同，而且老人家年紀大了，總會有程度不一的焦慮症，年輕人稍晚下班，老人家便開始坐立難安，眼珠子盯著大門不放，只差沒盯出一個洞來。

北上住幾個月，老母又回到彰化，她說，自己住的感覺真好。知母莫若女，她只是被不熟悉的地緣拴久了才有這種鬆弛之感，時間一久，她便又覺得寂寞，希望有人陪伴。相處四、五十年的老伴走了，小孩子長大離家發展，獨居是不得已的選擇，但是搬去跟小孩同住更不是一個好的決定，老人家的見識無法與時俱進，不順眼之處會很多，而媳婦與女婿也不是塑膠做的（亦翻不是省油的燈），若老人家積習難改，或是事事介入偶爾添油加醋，媳婦女婿的孝心便會每日遞減，不是屋頂每天炸一回，就是在老人與年輕人之間二選一。如果彼此都不容易站在對方立場，也不是特別體貼，更沒有愛烏及屋的雅量，那就保持距離（你三樓我五樓隔壁棟隔條街都行）你有你的生活空間，我有我的，往來客客氣氣，沒踩線就沒有不順眼沒有爭執，老人家的尊嚴顧得上，年輕人在孝道與空間要求上也能周全。

硬把世界觀、價值觀、人生觀南轅北轍，以及活在不同世代的兩個人拉在一起生活，是一件非常不人道的事，就像把一條活蹦亂跳的成年狗拴在狗籠一輩子，不瘋也是等死。人與狗都需要被善待，心靈受綑也是一種受虐。

我家老母對美國沒半點想頭，不願意搭十多小時的飛機飄洋過海，嘴上說怕打擾我，但是我知道她壓根不想來，美國對她來說簡直像外太空。我曾經在某篇文章討論過母親跟女兒同住的理由，比起兒子媳婦，女兒更懂老母親的情緒和需求。沒血緣的媳婦就算了，兒子（引申為男人）天生少根筋，沒少筋也是粗枝大葉，臉色看不懂，話不會聽，倒是老婆的臉色從不敢漏看，一個挑眉或抿嘴，耗呆男立馬變睿智夫（勿敏感勿對號入座）。基於這個理由，我想方設法把老母拐來美國與我同住，三個月、半年都好。至於我家這口子會不會反感？老實說，我不期待他把我老母當自己的老母看待，但是基於我對他這個人的理解，孝是他的中心思想，十三歲隻身來美至今四十載，在孝的人生課題上百般疏漏，只好愛護其他老人以示彌補。講白了，他若是願意對岳母好，那便是老吾老以及人之老，百善孝為先，若是不願意，那也是正常不是？自己的老母自己來很困難嗎？

很多男人結了婚便把孝順長輩這件事推到老婆身上，成天使喚老婆替自己的父母做牛做馬，忘記自己才是喝母親的奶長大的，男人這責任卸得十分粗糙讓人萬萬不敢苟同呀。

秋分

入秋之後，小區的楓葉脫去綠色夏裝，換上深淺不一的黃橘袍，幾戶鄰居提早將南瓜擺在大門口，更增添季節豐收的色澤。不過仍有少數葉子披著綠衫杵在夏末不肯走，有些則著急的穿上紅袍提前想要過冬，一棵樹，有綠有橘有黃有紅，在陽光下交叉閃動，好似揮舞著魔法棒，讓秋愁纏身的我看得目不轉睛。葉子是季節遞嬗、光陰流動的證據，大自然幻化萬千，人心分分秒秒浮動，然而無論怎麼浮動依然在大自然眼皮下流轉，像一隻驚蟄探頭的小蟲罷了。秋色當座，冬也不遠了，季節性的恐慌被葉子刷出了具體，尤其秋天的黃昏烘焙出全年最出色的萎靡感，把秋的惆悵調成了深度憂鬱。

身邊的好友都喜歡秋天，說是秋高氣爽，身心都舒服。尤其台灣的親友，度過了一個肉身脫水的夏天，好不容易盼來了秋，一轉眼竟也秋分了，白天與黑夜走到一比一的長度之後，頭也不回的往歲末方向直奔而去，然後過節了，團圓了、長一歲了，好的壞的都是去年的事，每個人都在期待來年變好或是變得更好，所有的盼望都從秋的腳尖開始。我不愛秋天的原因無法一一陳列，但是白天變短是主因，總覺得暗夜冗長，天亮不知何時，也與即將而來的冬天有關，一年將盡，老天爺沉著臉計算人類在世間的功過，功與過老天爺說了算，凡人只能接受。童年的黃昏有醬油拌飯的味道，家家戶戶炊煙嬝嬝，炊的是無憂無慮的童心，十歲以前對任何季節都是興高采烈接受，那時的黃昏是溫飽的顏色，是家人關愛最濃烈的時刻，玩野了的同伴抽抽噎噎走在黃昏裡，後面押著一名手握藤條的老阿嬤邊走邊念飯菜都涼了。童心不受成人世俗的約束，活得理所當然，活得真實不造作，就算長大出了社會在成人世界水裡來火裡去，那個存於童年最純粹的心境永遠不會消失，會在某一個逐漸老去的時機點回頭去找。

我經常陷入秋天多思的惆悵裡，思來想去都是回不去的從前，有時是在外公家作客的短暫片段，有時是母親踩著腳踏車載我從市場返家的匆促畫面，有時是一個人坐在屋簷下寫功課的燠熱孤寂。過往那麼多那麼厚又那麼滿，平時束之高閣，卻老在秋天翻箱倒篋、傾巢而出，奮力振作又瞬間墜落，絕望感在太陽陷入海平面之際升到最高點，又在星月滿天的銀河找到出口，日日如此、年年如此。有人說，黎明之前的夜深沉又黑暗，秋冬正是我的情緒暗暝，通過很黑很長而且很無助的甬道之後才會柳暗花明，只待春天回歸，再續一場生命的動力。

而當下，正是秋神當座之際，我盡量行走於生活的軌道上，家務、寫稿、陪伴、晨昏定省，一件不落。我試著在初秋之際做好情緒私藏，不影響身邊的人，好好過日子，好好吃飯，好好睡覺，好好的陪著自己，緩緩的，不急。

美好的生活

我居住的小區離聖塔克拉拉大學（Santa Clara University）不到一英里，走路約十五分鐘，開車就更快了，三分鐘到校門口。因為地利之便，不少聖塔克拉拉大學的年輕學子在我們小區租屋，小區房型有四房和三房，租金約在四千五百美元左右，為了分攤租金，他們找了同學一同承租，每天早上相偕上學，下課後一起做飯、看影集，週末則是吆喝三、五同學到家裡開party、烤肉、聽音樂，日子過得挺愜意的。早上，我喜歡倚在窗台貪圖外頭沁涼的空氣，不時見到三三兩兩學生揹著書包走出小區，十幾二十的年紀，稚氣未脫的臉龐迎著晨光走一段他們自己的青春路，連空氣都洋溢著鮮甜。目送他們離去的背影，我總忍不住在心中吶喊，「年輕真好。」

回想二十年前的大學生活，永遠充滿熱情，不管是系上舉辦的歌唱比賽、系學會幹部徵選，或是團康主持人等都要攪和，更不用說週末跟同學吃吃喝喝看電影唱KTV。年輕的優點是只對當下的自己負責即可，譬如說不要被二一啦、不要暑修啦、不要留級啦、不要最後一名畢業啦。關於未來、關於工作、關於夢想，都劃在本人當時的見識之外。

學生時代最害怕留級和暑修，寒暑假是我賺生活費和住宿費的機會，萬一暑修或留級，賺不了錢就算了，還得繳一筆費用，最後只能跟家人求援，那實在有違本人個性。大學的時候比較衝，雖然成績普龍公（台語），但是玩得很認真、工作得很認真，一點也不覺得累，大學生的字典沒有累這個字。說實話，畢業這麼久了，縱然覺得年輕好，年輕人的膠原蛋白無敵飽滿，卻一點也不想回到那個階段的自己，人生的每一步都不容易，從年輕漫步到中年，中間起起伏伏、坎坎坷坷，多少顛簸或輕或重考驗著我們的心智，承受住了，關卡也就過了；承受不起，人生也就垮了。從年輕走至中年，我的人生垮了幾次，但又爬起來，大傷小傷也都痊癒了，把心穩住，跟著因緣就是了。

三十歲認識先生，那時我的性格已從三八阿花轉為文靜，他以為我打從出生就是一個優雅有餘、氣質滿分的暖文青，當然我也一直沒有露餡，某一次意外說出當年跟男同學十指緊扣站在台上唱情歌的花癡野史，讓他當場歪了雙下巴，尤其知道我當年翹課太多導致畢業成績全系倒數第六名的完勝事蹟露出不可置信的表情好像在說，「是中了仙人跳嗎？」一個人的性情在短短幾年一百八十度轉變，他說他想不通。而我想了想，或許是對未來的不確定和沒自信，更大的原因是責任感從原本的含苞待放一夕之間全開了。現實與壓力使人成長。

社區的大學生進進出出，留學生活的考驗肯定比我當年來得更猛更多層面，但是年輕就是本錢，心臟也比較大顆，不管多大風雨多大委屈，只要一場party、一場電影、一夜閨蜜觸膝長談就可以let it go七八成了。

輯二

台式「美」學

老刺

我們都算滿意目前的住所，三房加兩套半衛浴，對於沒有小孩的夫妻來說已經足夠。隔壁住著一名英國老太太，七十多歲了，身型高瘦，笑容可掬，遇見鄰居總是率先打招呼，是社區裡受歡迎的人物。她的住房單位是一房一衛，前院種滿玫瑰花，不經意從陽台往下望，總會瞥見老太太修剪花瓣的佝僂背影。每個星期四晚上是老太太的女兒上門探望的日子，晚間與先生散步經過，聽見老太太和女兒談天說地，此起彼落的笑聲聽起來特別悅耳，我打從心裡羨慕。

我想到自己的母親。

母親說我小時候頗有個性，吃軟不吃硬，叛逆性極強，不過我的頑劣沒嚇退她，她還是認分的拉拔我長大，沒有棄之不顧或是早知如此便把我塞回去的念頭，好歹總是自己生的。人一旦老了，縱然個性上的大毛病沒有，卻被新世代年輕人貼上「老了要隨和」、「老人不要有意見」、「老了就要認分」的嚴苛標籤。關於個性差、衛生習慣不佳，那些用來審判老人的名目多到像一場不合適的相親檢討，可是那些所謂的「名目」在他們年輕時（可能）就存在，怎麼老了就被放大檢驗，當成不愛了的理由了?童年的我們再不受教,他們從來沒有放棄過呀。

傳統觀念裡,父母通常跟著兒子吃穿,若是同住有困難,租個小房子安頓,若是身患重病,那就送養老院「方便」些。跟女兒同住的例子較少,不合世俗,不合價值,跟女兒住,兒子沒面子;跟女兒住,父母面子沒了。但是事實證明女兒從小看著父母老去,對於他們的慣性瞭若指掌,比如口無遮攔、愛管閒事等等,而媳婦屬於半路殺出的「外人」,對婆婆的理解有點前不著村後不著店,除非具有通靈,否則很難理解婆婆吃飯為什麼掉飯粒、上廁所不沖水、流理台老是清不乾淨,那確實十分考驗她們的耐心與修養。基於上述,父母跟女兒同住應該是比較合乎人性,不過認知上可行,實行上卻有困難,因為牽涉到財產分配、傳宗接代以及女婿的肚量。再說,克服了困難,難免不會牽涉出另一層關於女婿與岳母的戰爭。

小時候住在大宅院,常常看母親洗十多口人的衣服、煮十多口人的飯菜、整理十多口人共居的房子,偶爾出門打工貼補家用。現在的媳婦只能專心打理「自己」一家,頂多加養一兩隻不會頂嘴的寵物,小家庭格局於焉成形。或許是世代變遷太快,老天爺心疼舊式媳婦太苦勞,於是賦予新世代媳婦免於苦其心志、勞其筋骨的權利,舊時代大家庭長媳要扛的責任在這個世代反倒不合時宜了。

有一天我與先生站在陽台聊天，我說，「將來有一天媽媽願意來美國小住，我們換大一點的房子好不好？」他笑笑沒接話，但我知道他是願意的。

擅長之路

週末到桑尼維爾（Sunnyvale）圖書館還書，出發途中，K要我繞到圖書館附近的華盛頓公園，他說華盛頓公園經常舉辦活動，去散散步走馬看花殺時間。整體路線不算複雜，駛過了圖書館繼續往南開三到四英里便可到華盛頓公園，沒想到我開了近十英里還摸不到公園的入口，圖書館周邊繞了三四回，整座公園就像消失在地球上。K坐在副駕駛座上不發一語，儘管他知道我有空間辨識障礙，沒料到離譜至此。

我十分委屈，沮喪感湧上心頭，想起小學數學課孤伶伶站在黑板前解題目被老師當眾羞辱的難堪。那次之後，數學課成了我的夢魘，老師總是冷不防將我的數學作業往地上一丟，冷冷說，「哪個白癡的課本還不出來撿。」於是我成為數學課堂上唯一也是第一個白癡。當時我很努力把數學弄清楚，但是彷彿有條連接數字的線斷了，所以我必須接受無法解題的自卑，還得承認自己是老師口中的白癡，難堪與挫敗殺掉全部的自信。

從不過問成績的父母成了我的救贖，他們只在乎小孩子有沒有吃飯洗澡睡覺，其他的，長大再說。父母雖不至於樂見我一路壞下去的學業成績，倒也沒有太多的關注，總認為小孩子開竅時早時晚，就像成長曲線高高低低，聽任自然就是。或許田庄父母比較鄉愿看待自己的小孩，一枝草一點露，生到農事俐索的女兒就栽培當農婦、生到擅長廚藝的找個媒人早早來說親、生到會讀書的把腰桿子挺直，努力工作付學費就是。道理其實很簡單。

往後的成長風景時好時壞，我記得大一的會計課為了得到好成績，夜以繼日跟數字搏鬥，學期末發現自己無法控制思緒，腦子運轉時快時慢，那種感覺非常驚悚，我不曉得下一步是不是就要精神分裂，直接去醫院報到。現在回頭去想，慶幸父母未在我小學生涯進行揠苗助長工程，讓我自然而然的長成現在的樣子。現在的孩子不會等到精神出狀況，他們會以壯烈的方式控訴，往往來不及拉一把。

出社會教書之後，我喜歡用珠寶詮釋孩子，他們可能是藍寶石、翡翠、珍珠、瑪瑙，whatever。質地不同、光澤不同，價值也不同，不能質問珍珠為什麼不折射藍光，糾結翡翠為什麼不如鑽石堅硬，如果孩子的價值可以隨意摘取或移植，那就不算獨一無二。

就在我將圖書館繞了第五回之後，決定把方向盤讓給K，一分鐘後華盛頓公園出現在眼前。同理可證，數理極好的K輕而易舉轉出迷宮卻無法使用一句精準的中文形容他自己究竟有多哭笑不得。

苦苦相逼

十歲那年，表姊帶我去住家附近的公園釣魚，她遞給我一根自製釣竿叫我坐在邊上等。未久，釣竿上下跳動，我興奮大叫，表姊接手拉起一尾約拇指長的小魚有些失望，我湊近一看，鉤子穿過魚兒的下巴，激凸的魚眼幾乎要掉出來。我嚇得大哭，雙手發抖想把鉤子從魚嘴巴拔出來，沒想到使力不當，魚下巴當場裂開，表姊只好接手奄奄一息的魚，兩三下便拔掉魚鉤。

釣魚事件之後，我對生命有了畏懼，倘若人類可以輕易決定某物的生死，是否也有一股力量能夠隨性主宰我們的死活？不管我們如何痛哭失聲、捶胸跺足，死亡它從未心生憐憫。我曾經在臉書上看到某位臉友戲謔地抓著一隻臨死的大閘蟹在鏡頭前炫耀，未滿周歲的小孫子被張牙舞爪的蟹螯嚇得號啕大哭，大人不為所動，笑看童淚真憨。殊不知憨的是大人，忽視生物展現的生死無常。

我說生命是一張苦字織就的棉布，在生命最後一刻將我們包裹，逕自送往天國或是地獄。父親生病時，所有人竭盡心力卻無法挽留，明明還想依戀著他的寵愛，卻要送他到火場焚燒，明明還想跟他撒嬌，卻要捧著他的骨灰進塔，明明還想跟他任性，卻只能對著照片喃喃自語。生命最無能為力若此。相較之下，那些平日的shopping、吃飯、唱歌、spa、宴會、旅遊，都只是短暫的苦中作樂，人生劇本會在第三十三頁或五十八頁，降臨一場讓人措手不及的生死大戰，可能是外婆、公公、爸爸、小孩、手足等親人以患病、車禍、他殺、自殺方式驟然離開，離開時的身分也許是王公貴族、富豪、平民百姓或遊民。世界上不公平的事很多，卻在死神面前公平得幾近刻薄。

不熟的朋友說我矯情，誰不愛金錢、不愛名牌、不愛一切榮華，但實情如何無需多說。那些提升生活品質、擴充人脈的名利誰不愛，但是父親走後，金銀財寶於生死面前突然變得相對廉價，如果能用一棟別墅換取家人健康平安，任何人都會搏命爭取，遑論是我。住在百萬美元豪宅，開著世界一流的車子，難道就有特權拒絕死神，請祂繞道去敲別人家的門？如果無法賄賂，那麼窮盡人生的精華卻只是追求一種虛浮的粗淺快樂，不懂得對苦難謙卑，那還不如實實在在陪家人，或是研究人往生之後靈魂所到之處，或是乾脆證明世界上沒有靈魂，都比拚命追求物質慾望來得實際。

如果不是苦難一再苦苦相逼，受盡愛別離苦的折磨束手無策，鴻海集團創辦人郭台銘怎會發心捐助醫學院巨額癌症研究資金，只為延長可能的病患一點點存活的希望？苦到極點之後會轉為一股悲憤的力量，在陰暗潮溼的角落帶來一抹久違的陽光。

命裡有時終需有

印裔友人哈梭說他認識一名吉普賽女郎夏綠蒂，這位夏綠蒂十分神祕，白天是一間跨國公司會計部的資深經理，晚上駐紮在酒吧幫人占卜解惑。幾年前，哈梭在申請綠卡過程受挫感到相當無奈，印度同事看到他這般沮喪便介紹他去酒吧找夏綠蒂。一向只信科學不信鬼神的哈梭死馬當活馬醫，某天晚上獨自去了酒吧，在煙霧瀰漫的角落找到夏綠蒂。夏綠蒂示意哈梭坐下，吐了一口煙後閉上雙眼，口中念念有詞，約莫五分鐘才睜開眼皮用粗糲的菸嗓說，「不要擔心，你最終將屬於這裡。」三個月後，哈梭果真收到移民局的綠卡核准通知。

我問哈梭，萬一夏綠蒂當年占卜的結果事與願違該怎麼辦？哈梭露出苦笑的表情說，那就回印度賣咖哩。哈梭拿到綠卡便在美國娶妻生子，妻子Rita是拉丁裔美國公民，與哈梭同事七、八年，哈梭開玩笑說，婚後才知道妻子暗戀他許多年，如果當年Rita鼓起勇氣表白，他也不用搞這麼一大圈。大致來說，哈梭是受幸運之神眷顧的人，以優異的托福成績進入美國長春藤大學，畢業後的發展也算平步青雲，相較之下，哈梭的好友安柏就沒這麼幸運了。阿根廷籍的安柏從小在學業上非常努力，一心一意想要爭取獎學金到美國留學和工作，安柏雖然如願獲得美國學歷，卻未能在畢業一年順利轉換身分，只好帶著遺憾回到阿根廷。

哈梭與安柏的經歷適度詮釋了一種叫「命中注定」，只是故事中的綠卡可以換成房子、車子、小孩、婚姻、自由等等。年輕時非常欣賞福斯汽車迷人的流線，暗忖將來賺錢一定要買一部來開。出社會後錢賺得不多，前後兩部車子都是二手的，一部是小March，另一部是舅舅贈送的老VOLVO，與福斯汽車始終緣淺。沒想到十年之後，一向對福斯車系沒特別好感的K突然為我訂了一部Golf，新車開回家那天，我有一種多年美夢成真的感動。該你的合該是你的，老天爺會在適當時機遞到手上。

近來，許多電視新人前仆後繼進入演藝圈，不管是展歌喉、拚演技，看家本領盡露，只是茫茫星海，能夠獲得賞識與提拔的新人又有多少？某男藝人歌藝無人能出其右，卻老有合約糾紛，某男偶像歌藝尚可，卻因貴人而快速竄紅。某女明星演藝事業平平，因緣俱足嫁入豪門，坐擁億萬財產不費吹灰之力，同期出道的女星還在努力爭取演出。

如果是命中注定的緣分與名利，它會在某個時刻以非常自然的方式出現，讓人輕鬆擁有，甚至與努力沒有直接關係；倘若非注定，就算費盡心思、窮盡手段，名利仍然會在某個時間消失，讓一個人回到赤手空拳的初始。

前陣子朋友的太太第五次試管嬰兒手術失敗，醫生歸咎基因相似，建議不要勉強。朋友向我們訴苦時，我的心頭浮出「命裡有時終需有、命裡無時莫強求」這句話，那是一句無聲旁白，同時也在提醒自己。

溢出

來美近五年，英文口語能力始終沒有大躍進，上館子點餐或百貨公司購物，面對櫃檯人員或服務生連珠炮的問候，我通常只有微笑加上簡單回答。如果單獨出門辦事，K會在辦公室提心吊膽一整天，彷彿全世界的壞人都在打太太的主意。出遠門旅行，訂機票、訂房間、訂餐館、買門票、租車，讓人腦筋打結的事我也不太行，說好聽一點K體貼入微，萬事包辦；講難聽一點，娶到祖母級的女人回家侍奉，賠慘了。

那是在美國，在台灣，我必須強悍像匹馬才能生存。出生鄉下平凡家庭，父母供得起一片屋簷擋風避雨，供得起三餐溫飽就算沒有虧欠，剩下的，自己想辦法。求學時代每個階段開學、畢業、搬家，或上台領獎的光榮一刻，父母不曾出席，他們心有餘而力不足，工作賺錢比出席孩子的學校活動要緊。爸媽總是說，書讀得好自己的事，讀不好也是自己的事。高中畢業始獨立，一直是我們家的「傳統」，離開校園得靠自己的雙手過日子，半工半讀求得文憑也求得社會經驗。

從小到大，我目睹爸媽養四個孩子養到忘了自己是誰，他們的教育程度不高，只有出賣勞力換取生活的安穩。年輕時的父親曾因家族細故帶著全家離開老家在一處養雞場落戶，下工回家，不在乎自己全身上下雞屎臭，掛念的是電鍋裡的白飯熟了沒有，孩子禁不住餓。母親撿雞蛋撿到三更半夜為了讓我參加班上的年度遠足，區區幾百元，母親花了兩個晚上成全我。

養孩子養到「無我」幾乎是佛的狀態，勞動的慈愛形象讓我和其他手足就算想要叛逆幹點壞事，或是蹧蹋自己都不知如何下手。當一個成長中的敏感孩子成天目睹汗水侵蝕爸媽臉頰、虧損爸媽的青春，如何忍心再做一絲過分的要求或是自甘墮落。現在的父母捨不得孩子受到螞蟻大的苦，為了滿足孩子吃上一口「全世界」最好吃的食物在烈日下汗流浹背排隊或搖控另一半蹺班以成全，這種愛實在莫名其妙。

天下父母心，我相信父母當年能給絕對竭盡所能，現在想想，給不起也挺好，我們學會了自食其力，不把責任推到別人身上一乾二淨。現在的孩子看爸媽沒事滑手機、電視購物、spa，吃高級館子，流汗的不幸發生在離開百貨公司到達家門口的那一小段路程，與一般辛勤勞動的父母在太陽下所流的汗水質地不同。

K像另一個爸爸對我呵護備至，以至於我被他養成一個頭腦簡單、四肢發達只會吃飯睡覺的無能之士。一個人的生活潛力絕對超乎想像，如果在台灣能吃苦，在美國為什麼不能？關愛與保護多到「溢出」的人生沒有比較強，老實說是挺讓人笑話的。

比較刃

日前K的小學同學史丹邀請同住在北加州的同學到他位於洛杉磯的住所相聚，以慶祝美國國慶日的名義行喝酒湊熱鬧之實。應允的同學不少，可惜我與K當日有親戚到訪不便成行，失去一次相聚的機會。史丹的電郵讓我想起三年前驅車賭城途中，順道在史丹家借住一宿的往事。

接到史丹的電郵之前，K不曾仔細介紹這位相交四十年的同學，直到我們人與車已經在南加州的一〇一公路上，他才自顧自的說起史丹。他們在台北一所私立中小學度過十年音樂班時光，初一課程結束，史丹便隨父母移居美國，與班上同學中斷了聯繫。初中畢業，K整裝行囊獨自飛往德州就學，其他同學有的前往美東，有的在美西居留，三十多人的班級從此四散，各奔前程。K又說，史丹大學畢業不久，在朋友引薦下進入塑膠產業，幾年後創立塑膠製品公司，累積不可計數的雄厚身家，在同學圈中獨占鰲頭。

那一晚我們住進史丹家，多年未見，話匣子與酒瓶子同時開啟，聊天時光裡唯一的喘息符號是納帕（Napa）酒鄉運來的葡萄酒。是夜躺下，K忍不住讚美史丹，近半百人生經歷中，未見如此誠懇真情之人。隔天一早，我在六千平方呎的房子走失，未久，又在一座類似大安森林公園的後院迷路，等待「救援」的那一刻，我似乎稍稍明白了K前一夜的感動。

人生漫長，總會有許多階段性的朋友，朋友扮演的角色有真有偽，散發的能量有時像激勵、有時像競爭。如果有一天，一位相同背景、相同經歷，相同努力的朋友獲得天賜良機，不費吹灰之力就達成人生的目標，反觀自己，奮鬥到底啥都沒有，只能暗夜垂淚，內心苦澀滋味甚多。「比較」是一種心態，痛苦在比較之後會被稀釋，目睹他人更加不幸的遭遇後才會對痛苦釋懷。唱衰一個人極容易，真心看好一個人實難，來路不明的妒意可能將彼此關係打垮，蒙受損失的其實是自己。

當年在升學路上摔跤，有些人總愛在我面前炫耀某親戚小孩的好成績。就讀書這件事，我習慣被大人拿來當作壞榜樣，不用功讀書就像吳柳蓓在馬路上擺攤，風吹日曬。當年老是被拿來跟我比較的親戚小孩秉性善良可愛，我們沒有「被迫」交惡，但也促使我落後腳步盡可能跟上，沒想過原地哀傷或自憐。

如果不把「比較」看成一種惡意就不容易走進死胡同，也就不會樹敵他人綁死自己。因為史丹的來信，讓我想起那一晚K與史丹的真情流露，「比較」就像一把雙面刃，它可能是正能量，也可能是負情緒，端看自己的選擇。

故障

上國中的第一天，我認識了貴香。貴香長得嬌小可愛，皮膚白皙如牛奶，笑起來有一對迷人酒窩，給人夏日荔枝的香甜感，同學和老師都很喜歡她。因為座位相鄰的緣故，我與貴香很快就熟稔了，下課後到對方家看電視做功課，遇到彼此爸媽的機會也多。貴香的爸爸原本是街頭的拉車菜販，婚後在菜市場承租一塊榻榻米大小的位置做生意，夫妻倆凌晨出門載貨送貨，天濛濛亮才回到市場稍事歇息，然後繼續做零星婆媽的生意。打拚了十多年，從原本的小菜販變成高麗菜大盤商，收入翻數倍成長，一家五口從租賃的平房搬到全新三樓別墅，日子過得安穩優渥。

貴香的新家立在馬路旁，是全鎮最惹眼的建築物，然而宏偉的別墅卻停著一輛裕隆速利老車，有一種視野上的衝突感，朋友到貴香家，總是忍不住調侃那輛老車。貴香說，她爸從市場返家不是吃飯不是睡覺，而是拿出乾淨的抹布擦拭老爺車，一遍又一遍。貴香的爸爸喜歡開老爺車載家人出門，擋風玻璃若是意外沾了鳥屎就像他自己臉上沾了狗糞，擦拭刻不容緩，全家杵在路邊等她爸處理鳥屎就像吃飯睡覺一樣自然。有一次貴香的哥哥開著家裡新購的休旅車出門，後窗被機車騎士吐了檳榔汁，他爸只是淡淡看了一眼，彷彿被噴紅汁的車子是別人家的。

貴香的爸爸是我見過最古怪的人，以他的財富帶全家環遊世界三五趟都是易如反掌，他卻死心塌地守著那部老爺車，守著原來的生活習慣。日子早已大好，身邊也培養了兩名助理處理雜項，可是最辛苦的程序仍舊堅持自己來，每天凌晨出門，搬貨、流汗、彎腰、擦汗、搬貨，一貫流程，數十年如一日。

有一年我回台灣，陪母親到鎮上的媽祖廟參拜，瞥見貴香的爸爸與朋友在涼亭內下棋廝殺，許是贏了一盤棋，嘴角掩不住笑意。當下，我打了一通電話約貴香喝咖啡，貴香來遲了，一坐下立刻翻白眼，「氣死了，都是我爸那輛破車害的。」聽到破車兩個字，我端在手上的咖啡灑出來，不敢置信的問，「那輛老爺車還沒解體？」貴香翻了幾褶極無奈的白眼。

聊了彼此近況之後，貴香啜了一口咖啡不經意的說，「年紀越大越能明白我爸的心意。」我沒接話，吃了一口蛋糕等她繼續。貴香又說，「對某些男人來說，女人就像車子，飛黃騰達之後急著揚棄舊物，嫌棄共同打拚的妻子老又醜，帶不出場，以為年輕女孩愛上的是老當益壯的自己絕不是錢。」貴香一口氣說完。

貴香說她爸的老爺車還是經常故障，但是比起男人故障的腦袋，車子的問題還真算不了什麼，至少還能修，腦子一旦故障就難回天了。

膨脹皮囊

近年來，我漸漸有一種體悟，人們常會不自覺做一些自討苦吃的事。比如說，踩著高蹺走路吃飯，分分秒秒都在擔心矮人一截，害怕自尊中槍，自信骨折，藏拙藏得很費勁，擺闊擺得很吃力，猶如日日夜夜穿著一件刻有名字的膨脹皮囊過日子。因為意識膨脹得很嚴重，看不見肚臍裡的汙垢，無法接受他人的指責或好意干涉。人總是無畏辛苦，從早到晚套著它東奔西跑從未有脫下的念頭，成就越高穿得越大件、名氣越響穿得越扎實，反觀街頭遊民，也許他們曾經穿過膨脹皮囊，但隨著人生際遇起伏，早已脫下皮囊席地吃飯睡覺，泰然自若，shopping cart 裝滿了家當，就是找不到當年那件膨脹皮囊。當然，這是極端的比喻。

我的修養還不夠好。行車中，一輛沒有打方向燈的車子插進來，我會反射性口出穢言，朋友訴苦同樣一件事超過三次我會翻白眼，先生襪子亂丟超過五次我會有捏人耳朵的衝動。除此之外，我已經能夠輕鬆看待櫃台人員結帳時的不禮貌，平心靜氣講一通口氣極差的挑釁電話，笑看相熟友人當著陌生人面前取笑我的破英文。與其說修養，不如說神經粗，朋友笑說我的自尊心殘缺可以申請補助，我把這種調侃當作朋友酬酢往來，偶爾還要假裝動怒投其所好。

太空中有數不清的隕石、彗星、衛星、外星人（？）擦身而過甚至撞擊，地球難道會因為一顆隕石的擦撞氣極敗壞停止運轉？難道會因為衛星二十四小時盯場而不悅導致忽快忽慢？難道會因為外星人亂停船而蓄意倒轉？它應該像一名入定的老僧，盡可能對周圍干擾無感，達到內外和諧的境界。記得有一回母親在電話中談到堂弟飽受鄰居噪音干擾，忍了幾回還是氣不過，打算上門理論。母親勸了表弟，如果受干擾的只有他一個人，其他人絲毫無感，那樣的噪音應該非蓄意。母親又說，一個人容易被惹毛不是好事，敵人抓住罩門不斷發動攻擊就可以穩坐泰山不倒，我們卻還在跟自己的罩門過不去，想想多不值多可笑。

自尊心強的朋友遇到不公平待遇會有強烈的情緒，抱怨、哭訴，然後失眠，內心無法獲得平靜而陷入憂鬱。安撫方法依對方個性而使，但真理始終只有一個，外來的負面攻擊其實很好處理，轉身離開就好了，連發脾氣都不用。發一次脾氣需要請五臟六腑加班，而且沒有加班費，不管怎麼算都划不來。

如果一個人老是橫著走路，脾氣擺在鼻孔中間，那他的膨脹皮囊可能很大件。

全都是愛

週末的晚上，我們一群人帶著小病小痛來到秋儂家找孫醫師，平日健步如飛，不時秀出結實肌肉的男性同胞面對孫醫師的溫暖問候，竟也如小童撫著不適處唉嘆，期望獲得孫醫師更多的關愛。平時不輕易示弱的K，接觸到孫醫師慈祥的眼神，自動繳械投降，一五一十說起近日的不適。

孫醫師籍貫江蘇，目前定居緬甸，年輕時在北京一所醫院擔任骨科醫生，執業期間目睹許多民眾因貧窮而死於非命，心一橫離開醫院，獨自深入中國的偏遠深山徒步義診，成千上萬的窮苦人家因此得救。這段故事是秋儂在後來的一個聚會上告訴我的，我除了感佩，其實有更大的疑惑，一個高度社經地位的骨科醫生如何願意放下安穩生活，以一身布衣布鞋闖蕩江湖，用自己的血肉爬過一座又一座的荒山，救活一個又一個躺在土堆的活死人？那種無我、無國界的愛如果沒有強大的中心思想和信仰作後盾，誰願意成天穿梭在人間的破爛處汲汲營營？

八十年代，兩岸開放探親，K曾經陪同雙親到上海探視數十年不見的親戚，從親友口中得知過去的日子讓人心力交瘁，每個人都有難以承受之痛，不忍再提。K開始尋找主宰的力量，主宰人間生死的力量，就在返美後不久，在一間小教堂找到他要的答案。這個社會還有許多無信仰的人，他們的心靈強壯，相信自己可以主導一切，面對無常或是不公不義表現穩當，絲毫不軟弱。我是一個對苦過敏的人，從小就感受形而上的力量在我脆弱或是失去信念的時候有多重要，如果沒有信仰，我的苦沒有出口，世界灰成一片。

有時，我與K會因宗教議題不同而有口角，比如，我不忍有形的生命受苦，他不忍人類飢寒。我說我的佛很慈悲，他說他的神樂意付出。我說佛的世界甭輪迴，他說信耶穌得永生。我們擁護自己的教義，沒事不去踩對方的罩門避免爭端，沒想到孫醫師的訪美行，讓我對耶穌的愛第一次有了共鳴，更因為孫醫師對偏遠山區的無私付出，讓我進一步體會德蕾莎修女（Mother Teresa）那一份無國界、無種族，刻骨銘心的愛。孫醫師說，德蕾莎修女在遭遇無數辱罵、為難和匱乏之後依然相信人類最大的貧窮不是沒有錢、沒有食物，而是不被愛、不被需要。

我曾經犯了「比較」上的錯誤，認為佛的慈悲是任何一個宗教無法相提並論的，但是孫醫師的言行讓我修正了想法，他陳述德蕾莎修女的話：「我並不想改變任何人的信仰，我的工作是讓佛教徒更像佛教徒、讓基督徒更像基督徒、讓天主教徒更像天主教徒。每個人在分內認真去愛，認真的被愛，並且勇於付出。」這段話讓我臣服，打掉宗教的藩籬，籬笆內種滿各式各樣的果樹，那些豐滿的果樹從來沒有分別心，是籬笆外的人切割了果樹本身。

小矮人吃檸檬

我有一個好朋友叫mimiyeh，與擔任外交官的洋人夫婿育有五歲女兒，一家人隨丈夫職務調動而遷徙，目前暫居亞洲。有一天，mimiyeh在臉書發表一則關於仇富的議題，引起諸多臉友回應，她不僅探討社會上光怪陸離的仇富現象，也論及了貧窮與歧視。

也許有人認為mimiyeh的外交官夫人身分不適合談仇富，因為她本身即是上層建築，過慣官夫人的生活，恐怕連貧窮兩個字都不認得。實情正好相反，她與夫婿赤手空拳與清貧日子搏鬥好多年，雖然談不上吃盡苦頭，但是捉襟見肘的日子沒有少過。讓我佩服的是，不論身居哪個階段，她總能找到快樂的方式知足常樂，將他人眼光與評論當作隨風晃動的樹影，愛晃就晃。我喜歡她泰然自若的無為，更欣賞她凡事無所謂的隨性，一個人若常因他人一句無心話就披上刺蝟外套，準備爭個一百分的清楚明白，那樣的心態恐怕會讓周圍的朋友起反感。

社會上的仇富心態與貧窮歧視是一種集體觀點，每個人都有幾條憤恨不平的經驗可以拿出來補充印證，養肥話題。不過我相信很多人會質疑一點，如果富人的富是個人犧牲假日，不眠不休努力而來，為什麼得平白蒙受那些仇視的眼光？同理可證，如果一個人對自身的缺乏狀態無感，為什麼會對刻薄的歧視言論產生反應？最大的原因出在炫富的人擔心自己的好日子無人知曉，嫉妒的人則心態不穩，雙方把時間和精力耗在「你炫富我看不慣」的無聊事件上，究竟別人浮誇炫富與己何干？與其參與酸民口水，不如回頭認真做自己的事或去健身房流汗發洩一下。

曾看過網路上的酸民戲謔出生富裕家庭的人「會投胎」，既然「會投胎」是一種與生俱來的「天分」，還有什麼好嫉妒與不悅？齊頭不平等是一個顯而易見的事實，炫富也只是反映上層建築日常生活的水平，也許炫的人無意，看的人有心了。

在我的觀念裡，世界上沒有莫名其妙就獲得的東西，也不是機率問題可以解釋。出身好壞在入胎那一刻已注定，這輩子攜帶多少金銀財寶來撒野端視個人上輩子的修為。有一個朋友很愛算命，某次卻碰上一個善良相命師語重心長說，「不用算了，別浪費這個錢。」朋友禁不起拒絕，非要算出一個梗概。相命師說了，「命好不好，看看自己就知道了。」工作、銀行存款、房子、朋友都是論命的標準。假設一個人的命是貴是賤皆沿著前世的作為而來，我們又怎麼能夠不反思自己，反而花時間去討厭比我們「厲害」的角色？炫富和酸民的心態同樣不健康，但是酸民還有一層自卑情結作祟。

喜歡上網當酸民不如積極向一兩位楷模學習，閒暇時做一些公益累積福德資糧，再偃蹇困窮的命都有翻盤的可能。

更好的人

約莫七、八年前，我在電影台看到一部關於旅行的電影《托斯卡尼豔陽下》（Under the Tuscan Sun），這部電影詮釋一名婚姻不順的女作家獨自到義大利旅行所經歷的種種。看完之後，我發現它撼動了內心深處原本牢固的觀念，比如對未來的期許，對當下的認同，同時也感受到這部電影所要展現的核心價值。影片中一種前所未有的全新領略讓我的靈魂脫胎換骨，才知道某些時候生命必須透過困頓才能磨出光芒，走出去不是為了逃避，更有可能找到一個嶄新的自己。

那時我從事寫作已經數年，這部影片為我打開世界的門，筆路也拐了大彎，聚焦起台灣以外的世界，仰望來時路，突然有一種體會，不同的國家都有值得稱許的美麗，再富強的國家也有亟於遮掩的汙點。旅行了幾個國家，體驗了不同種族文化與歷史，會有一個大致概念，便利又好禮的台灣基本上沒有什麼問題，若非得作些點評，大概可以從蓋房子的理論上去談，比如上梁（政府）的時候沒有測量仔細，導致下梁（人民）找不到基準而嚴重歪斜。

二〇〇八年我去了一趟寮國，在永珍市集看到很多觸動心弦的畫面，一個賣青木瓜的年輕小販因生意乏人問津而拭淚。剎那間，我內心湧起一陣羞恥，小販為了生計而哭，一顆木瓜、二顆木瓜，賣掉之後也許用來滿足兒子或老婆想上一次館子的希望，而我只是為了感情問題便不顧安危到人生地不熟的國度自我放逐，想想實在丟爸媽的臉。小販的吃穿問題擺在眼前，生活的壓力淹過眉心，我那些情感上的風花雪月簡直像茅房裡的一朵玫瑰花，多餘又派不上用場。

不諱言，我夠幸運，能在永珍市集小販身上看到自己的膚淺，進而有機會改進缺點成為一個更好的人。相對的，市集的小販恐怕日日夜夜忙著與蠅頭小利打交道，賺來的錢滿足了家人再也無暇、無能為力關注市集以外的人生。更不諱言，在台灣還有許多無法隨性旅行的家庭，他們為親人付出的方式也許與永珍的小販不一樣，但是為三餐奔波忙碌不敢休息的心聲是相同的。因此，某程度而言，旅行是一種抄捷徑，透過豐富的人文不斷拓展思考和眼界，但話說回來，出國的目的如果只是放在瘋狂瞎拼以及吃吃喝喝的行為上則不能稱之為旅行，頂多是一種坐飛機出去買東西、吃東西的發洩行為。

出國看世界讓我變得成熟，讓我對人事盡可能圓融，對人生高低起伏際遇釋懷。旅行的意義說到底在此。然而有些人不用透過旅行就能成為一個成熟、同理、勇敢、善良的人，並且以此教育下一代，那麼他的胸襟已經大過世界，宇宙早已駐紮在靈魂深處，旅行只是錦上添花。

旅行有一種深度的意義存在，可以見苦知福、見福知不足，不是某些網路文章所批判「有錢人才做的事」。若真如此，恐怕「旅行」這個詞有注釋不足的嫌疑。

公敵

有一天晚上，我跟K坐在沙發上聊天，話鋒一轉，討論到嚴肅的教育話題，K聽完我的學校經驗，真心感謝他的媽媽堅持送他到私立學校的先見之明。我沒有反駁，甚至是有些認同的，私立學校的風評或許脫不了炫富、養壞價值觀、攀比等等，但是肯定有其他優點可探討，在此暫且按下不表，這篇文章要談的是發生在公立學校的霸凌事件。

小學時代，班上有兩位「女公敵」，每當下課鈴聲響起，老師前腳走，帶頭使壞的同學便衝到教室後面拿起垃圾桶往女公敵的頭上套，女公敵任憑同學加諸的欺凌不敢出聲，圍觀的同學笑聲震天。那時我瘦弱膽小，只敢站在後面默默觀看，深怕一出聲同學便將矛頭指向我，萬一不幸成為公敵，爸媽忙於工作肯定無法為我挺身而出。教室的垃圾桶是整人的工具，女廁的垃圾桶一樣是。女公敵上完廁所出來，班上的女魔頭一個箭步衝進廁所把裝滿衛生紙的垃圾桶往她頭上套，棉紙不斷從空隙掉下來，女公敵就這樣套著垃圾桶直到上課鐘聲響起。她們的頭髮和桌面常常有同學經過「順便」吐的痰，抽屜和書包塞滿同學吃剩的早餐和垃圾，方圓一公尺淨空，沒人願意靠近。

女公敵之所以成為女公敵通常有幾項特色，第一，長相不討喜；第二，家境清寒；第三，隔代教養；第四，功課不好；第五，個性懦弱；第六，衛生習慣不佳。上述跟家庭教育息息相關，然而家庭教育不是一朝一夕可以改變，家長忙於工作，無暇關注小孩在校的處境。據我所知，班上兩位女公敵的最後遭遇讓人不忍，其中一人長期受欺負，高中時突然轉性，成為角頭流氓，打架、吸毒、酗酒、持刀搶劫樣樣來，短短幾年不斷進出監獄，重新複製上一代悲劇。另外一人則因心靈受創嚴重，高中休學在家，最後被送到精神療養院，家人很少探訪，某種程度來說，算是自生自滅了。

學校是社會的縮影，孩子離開爸媽的羽翼過群體生活，學會比較、競爭、耍心機等「生存」技巧。弱勢的人很快被識破，好鬥的同學先行試水溫，輕微的作弄未見反擊，便一日一日加重力道，還要求見者有分，圍觀者要跟著揮一拳或是踢一腳才顯得麻吉。我也曾被要求表態，生性怯懦的我只好怯怯的擺出很厲害的嘴臉對公敵說，「活該，誰叫妳都不洗澡。」天知道我內心害怕極了。

K說我的學校經驗比電視八點檔還離奇，同學調皮難免，但是都無傷大雅，如我所述的暴力情節恐怕只有古惑仔電影才會出現。我相信不管是公立或私立學校，同樣都有霸凌事件，我更相信如果當初女同學身邊出現有勇氣的「貴人」，她們後來的際遇也許不會如此悲慘。

這些潛伏的貴人也許是老師、同學、鄰居、你或我，當他們的家長忙於生計而無暇顧及的時候，我們或許能夠出手 do something。

最愛不是你

臉書上火紅好久的「靠北老公」、「靠北老婆」專頁我讀過不少篇章，有時是朋友發現有趣的主題轉寄給我看，有時是網友熱議不斷，引起報章媒體轉載而有幸讀到。讀了那麼多靠北文章，我只能默默認同婚姻真是一門艱難的功課，門檻外的男女以為有愛就能克服挑戰；門檻內的夫妻如人飲水，冷暖自知，感受天差地遠。

忘記在哪裡讀過一句令人噴笑的話，「美女看三天就膩，醜女看三天也就習慣了。」我沒打算討論這句話對女性外貌的歧視，我只是覺得，出色的外貌總能輕易獲得注目，求職順利長官偏愛，也有可能因此飛上枝頭當鳳凰／天王，總之利益多多，不勝枚舉。但是在婚姻裡，容貌不是維持幸福的唯一利器，婆媳問題、經濟問題、教養問題、家務問題，稍微的意見相左都有可能引爆爭吵，讓婚姻走到盡頭。一個女人就算花容月貌，也無法在爭吵時派上用場，只有圓融的個性、適度的包容以及了解相處的竅門才能四兩撥千斤，修補破損的夫妻關係。

如果說婚姻是一門功課，而這門功課最困難之處在於「相處」，因為沒有固定答案。年輕時幾段愛情雖談不上可歌可泣，然而情到濃時與對方相守的想法就會不時浮現，個性差異、長輩意見，皆可以拋諸腦後。那時候年紀輕，不知道激情不適合出現在婚姻裡，一旦結婚，兩人的問題會延伸到兩個家庭以上，從襪子亂丟、不洗碗、不照顧小孩等家務事，間接直接傳到婆家或娘家耳裡變成需要開宗親會審罪的滔天大罪，於是「懶惰的媳婦」、「不顧家的女婿」流傳在親友之間，然後萬古流芳。

婚後，我常常反省與另一半的相處，坦白說，幾段愛得死去活來的感情中，他不是最愛卻是最能相處的人。對於自己心性動蕩，邏輯跳躍，膽小敏感又不受控制的個性感到十分抱歉，這種性格連我自己的母親都束手無策，何況是半路殺出的另一半。因此我很感謝前男友們讓我在感情路上摔得狗吃屎，讓我從失敗的感情越戰越勇，明白愛情內涵，了解哪一類的男人與自己互補，適合攜手走婚姻這條路。

婚姻的結合有很多種，溫哥華友人艾美與她的老公婚前婚後如膠似漆，那是幸運之神特別眷顧的那一類。我想說的是，因愛結合而且沒有相處上的問題，是老天爺賜福，不是最愛但是雙方相處愉快，從生活中慢慢培養感情，更需珍惜。坐三望四的年紀，我才漸漸體會細水長流的感情在兩性關係中是一門至高無上的藝術。

氣味

從東岸格林威治回到西岸的聖荷西已經三天了，長時間旅行的疲憊獲得紓緩，身心歸位日常，時差了無痕跡。早上煮咖啡的空檔往窗外看去，秋色淋漓，含著水氣的秋風捲起葉子又拋下，讓我的心思突然竄了一下，回到數天前的格林威治，回到那一天早上六點鐘，坐在廚房吧台往樹林望去的安靜時刻。不知道恍神多久，直到朋友出聲喊了我，同時端上大碗公的現煮咖啡，我才拉回注意力，回到閒話家常的當下。聊著聊著，又回頭看那片深邃的樹林，對漆著楓葉色的 deck 以及豪氣且無止無盡的柚色草坪意猶未盡。

在格林威治之前，我從未認真思考生活其實是帶著氣味的。簡單的說，生活不就是柴米油鹽和人類的喜怒哀樂所結合的日常動態，可掌握並且可臨時變卦的彈性行為。然而待在格林威治的第一天，我發現生活除了日常性的人物交流，還有一股獨特且迷人的氣味蝸居在周圍，它可以捕捉，可以回味，可以留戀和嚮往。也許你曾經嗅過，只是從未仔細去分辨，如果不是朋友熱情邀約，我恐怕沒有機會在美東某個小鎮的清晨六點找到類似童年的滋味，重新領略那一份最貼近內心原鄉的生活氣味。

生活除了惹人心煩的柴米油鹽和永遠釐不清的人情世故，應該多與大自然互動，重新思考人與大自然的關係。最理想的狀態是離家不遠就能接觸，隨性相濡以沫，與輕飄飄的山嵐玩躲貓貓，與泥土小草說話，輕易地遠離塵囂。朋友的家正是如此。沾著爛泥的雨鞋脫在 deck 上，圓鍬遺落在不遠處的苗圃裡，廚房爐上的南瓜湯滾了，烤箱裡的麵包逸出小麥香氣，一把未去頭的青蔥躺在水槽輕輕揉著晨光，後院傳來知更鳥落拍的報曉聲。還有飯桌上的玫瑰花瓣淌著圓潤水珠，是朋友早晨從後院剪來的。每一個光影的移動、每一個幽微的肢體動作，在在演繹生活的美妙和精髓。視線回到廚房，我從一把未去頭的青蔥深層感受到人與土地密不可分的情分。

這就是生活的味道，簡單、流暢，又深具意義，沒有都市叢林的緊張，水泥高牆的冷硬，過分講究的時尚，蓄意造作的人情，更沒有一天到晚充斥耳膜的政黨喧囂。如果生活的原貌該是這樣慢條斯理，與大自然合成一體，為什麼我們要反其道，用矯情、非自然的方式創造針鋒相對，再自作自受與生活的狹隘冷漠過不去？

回到聖荷西當天，內心一股惆悵擺脫不掉，本以為居住的社區已經相當清幽，沒想到內心更加嚮往「去人為」的大自然，而位居矽谷心臟的聖荷西先天條件已經失去。

有些人適合在都市裡討生活，有些人適合跟大自然做朋友，可是不管我們居住在哪個地方，現實又常常與我們的本意相左。如果有一天能夠隨心所欲選擇生活，我想回歸大自然不會是一項困難的選擇。

從老學起

朋友從舊金山搬到紐約了，在中央公園附近的五十六街安定下來，學習融入與美西迥異的都會生活。在交通打結的紐約城過日子，朋友放棄開車，老老實實研究起地鐵路線，不管是去 MoMA、大都會博物館走馬看花，還是蘇活區聽演奏會，亦或是到法拉盛吃一頓亞洲菜，她都盡可能搭地鐵增加熟悉度，就算凌晨十一二點也無所懼。她說，在外奔波一整天回家，從三十五層的客廳望向不遠處的中央公園，一股沒來由的禪定力量讓她決定長住，相較於美西，她是一點也不懷念了。

朋友與我的母親年紀相仿，兩人個性就像天上的飛機與地上的三輪車，無法相提並論。截至目前，母親未曾離開過台灣，根據她的說法，台灣最好，哪裡也比不上。母親是個不擅應付變化的人，娘家的動線二三十年未改，四個小孩擁有自己的房間卻無法擁有自己的隱私，每個房間的桌子、抽屜、櫃子，塞滿全家人的物品，你的我的他的統統堆疊在一起。婚後有次回台，想將一份重要文件放進抽屜卻不曉得哪個抽屜才屬於我。習慣與家人依賴在一起的母親，在小孩長大離巢之後學習獨立，我們以為義工、志工多重身分的母親獨居生活不會太難，我更以為每天 skype 拚命打，笑話講到嘴巴瘦，她應該不會寂寞才是。

沒想到，寂寞加速老化，獨居的第三年，母親終於搬到新竹與我弟弟同住，偶爾到哥哥家小住，並且開始一連串重新學習歷程。

母親住在兄弟家時，客廳、廚房以及其他公共區域，總會發現一團團可疑的衛生紙，要丟不是，不丟也不是，母親說，那些衛生紙只擦過一遍，還能再擦。母親會騎機車不會搭公車，面對紊亂的新竹交通，異想天開的用自己的「交通規矩」橫衝蠻闖。只懂台語的母親，在資源回收場遇到講客語的師兄師姊老是有牛頭不對馬嘴的事發生，好不容易交上的朋友又溜了。

弟弟眼見情況越來越糟，只好將工作擺一邊，教導母親過日子。先從日常規矩開始，比如物件使用後歸位、廚房使用後整理、衛生紙使用後丟棄，脫鞋不要一隻在樓上、一隻在樓下。接著，他又教母親搭公車，陪母親一站搭過一站，來來往往好幾次，媽祖廟哪兒下車、菜市場哪兒下車、固定看診的牙科哪兒下車，許是弟弟太細心，記性不好的母親竟然全部記住了。弟弟說，母親沒那麼笨，就不愛學習。最後，為了解決母親交朋友的困擾，幫母親報名識字班，每星期三堂課，母親乖乖騎車上學，目前還沒有缺課紀錄，算是上進的好學生。

年近七旬的母親在晚年重新當一名學生，重新建立生活態度，感謝兄弟的用心，讓遠在太平洋彼岸的我能夠全然心安。

種命

八月下旬出門旅行半個月，臨行前放心不下家裡大大小小的盆栽，只好載去好友Mimi家，請她代為照顧。Mimi家後院日照充足，需要大把陽光的迷迭香和台灣辣椒讓我十分期待回國後的模樣，至於嬌養三年的銀皇后屬於室內植物，水分和陽光都需要斟酌留意，照顧上稍費神。一個星期之後，Mimi傳訊息來，她說銀皇后禿頭了，事實上第一天意外曝曬後葉子轉枯，三天後剩下一支綠芽勉強維持活著的假象。良心不安的Mimi四處挪位置，銀皇后總算活了下來。銀皇后養護三年，就像拉拔一個孩子三年，雖然投注的心力無法跟實際的育兒經驗相提並論，但也只有雙手埋進土裡，探測它的溫度溼度，嗅聞它氣味的人，才會明白養護一株植物其實與育兒有著相似的情感。

某一年與K走在紐約中城的街道上，我掩著口鼻對K說，為什麼紐約街道總有一股異味？K指著路旁流出髒水的黑色塑膠袋說，「可能是那個吧。」紐約熱門景點Skyline讓觀光客趨之若鶩，它原本是一條軌道，廢棄後發展成「空中步道」，讓旅客穿梭大廈與大廈之間，漫步欣賞都市叢林的高聳面目。K很興奮，都市叢林讓他彷彿置身台北，有一份陳舊的熟悉感，儘管這份熟悉感略帶難堪的氣味。走在空中步道，我的心情隨著蜿蜒軌道一路沉重下去，終於忍不住大喊，我要曬死了。當時只能擠出這句話，對於水泥牆砌成的高樓，我只有無盡的疏離感。

我個人認為最適宜的「生活伙伴」是大自然，假使一個人從小到大生活在都市裡，不曉得赤腳踩在泥土的滋味，沒見識過插秧的水田倒影，不曾目睹收割後的天邊晚霞，不曾追過變身之前的小蝌蚪，那是一件多麼可惜的事。泥土與植物不會說話，不能開口教人道理，但是大自然的變化，季節的遞嬗，植物的光合，展示著一回又一回的新生與死亡。看著花草樹木成長，對人生的際遇會有更深的體會。住在曼哈頓的朋友一定要在週末開車回康乃狄克老家，老家後院數不清的參天大樹，足以洗滌城市文明帶來的副作用。

童年在溪州鄉下生活，老家後院不大不小，種足了日常生活所需的蔬果，大門外是一望無際的稻田，再過去有龍眼樹、荔枝樹、芒果樹，那些果樹彷彿注定立在邊上陪伴長大，像慈愛的老祖母日夜看顧。記得某一年春節前夕返台，獨自騎車到溪州找吳晟老師敘舊，他領著我走在親手栽種的樹林裡，一前一後走瘦了，拉了一把迎賓樓前的椅子坐下來，短暫不說話片刻裡，我突然想痛哭一場，原來我的靈魂始終依戀家鄉，而肉體卻執意走到天涯海角。疲憊感被眼前的樹林撫慰並療癒了，那一刻，我終於明白所有的執念在參天大樹面前只是微塵細屑，風一吹，什麼都不是了。

往中間靠攏

台灣的月子中心貼心便利，撇開高昂的費用不談，它確實讓一時缺少幫手的產婦達到安心調養的目的。由於台灣月子中心蓬勃，加上阿公阿嬤帶孫的民情太尋常，以至於新手爸爸在多方馳援之下，責任相對變小，有些爸爸完全不曉得如何幫新生兒換尿布、餵奶、洗澡，更無法安撫嬰兒哇哇大哭的時刻。也許爸爸曾經想過大展初為人父的慈愛，卻礙於不熟悉而手忙腳亂，被一旁的婆婆媽媽嫌棄而驅離。有些傳統的婆媽們認為照顧新生兒是女人家的事，男人負責出門賺錢即可，硬生生阻斷新手爸爸學習的機會。女友人抱怨先生不僅把照顧小孩的責任丟給她，還怪她不知足，「我老公說我能住月子中心已經很幸福還想怎樣？別人的太太還住不起。」原來月子中心太全能不算好事，它剝奪了先生成為一個「爸爸」的機會和責任，讓新手媽媽誤以為住得起昂貴的月子中心就應該知足感恩善解包容，不應該再多苛求丈夫。

好友小甜甜上個月生產，早在半年前就聘好月嫂到府幫忙，由於雙方都是台灣人，面試後一拍即合，萬事俱備就等寶寶報到。寶寶在預產期前降生，月嫂開始為期一個月的照護工作。兩個星期後，月嫂看不慣小甜甜的丈夫「做太多」，一邊工作一邊碎碎念，讓產婦耳根不能清淨，最後不幸得了產後憂鬱。月嫂說，「長目睭發眉毛沒看過一個男人要做這麼多事，白天上班，下班還要餵奶、洗寶寶、洗衣服、換尿布，週末還得去超市補充食材，做太太的只管餵奶和睡覺，太輕鬆了。」小甜甜被念得啞口無言，無語問蒼天。

歐美人沒有坐月子的觀念，生完孩子隔天出院返家，洗澡、洗頭、吃冰，毫無忌諱。華人在美國坐月子必須倚賴月嫂，月嫂在舊金山灣區非常搶手，二十至三十天到府照顧開價四千至六千美金不等，這個價錢與台灣月子中心的行情相比算低廉，但是內容天差地遠。首先，先生可能得要全程「介入」，月嫂提供自身的老道經驗，但是經驗並不符合每個家庭的需求，月嫂的職責範圍依當初洽談的條件而行，有些只負責料理食物，有些則多了陪睡（寶寶），還有額外的費用要另計，比如洗衣服、烘衣服等等。其他家務若沒先生下班後處理，恐怕家庭運作會陷入一團亂，反觀住在月子中心的太太們的老公並不需要負責太太與寶寶這部分，月子中心全程包套，老公還能回家當一個月的假單身，挺愜意的。

有人說美國丈夫比較貼心，其實是有「隱情」的。夫妻兩人飄洋過海在美國打拚肯定得互相扶持，一來沒有親人從旁協助、二來美國人工昂貴，三來沒有月子中心倚靠，不自食其力又能如何？一個人的潛能有時必須透過環境加壓才會顯著，如果台灣的爸爸們也有「艱苦」的美國環境歷練，新手媽媽或許會少抱怨多感恩。台灣的爸爸也不用擔心要全部砍掉重練，只要往中間靠攏一點點就可以了。

完美的蘋果

二十一歲擁有第一台個人電腦，二十五歲擁有第一台個人筆記型電腦，十多年來，被我操壞的電腦計有五台，它們統統是 Acer 和 Asus。國產品牌的 C P 值高，耐操耐磨，對於長期打字的我來說，鍵盤質感很重要，硬度也不能含糊，宏碁和華碩的品質從來沒讓我失望。

數年前K的表弟送我一台 Acer 筆記型電腦，當時剛好處於更換電腦時期，那份禮物來得正是時候。過了兩三年，漸漸使不上力，不論是開啟網頁或是看影片都非常吃力，心裡盤算又到了該更換的時候。心裡想著要換電腦，行動上卻是「跟你耗」的姿態，K只好利用週末載我出門「看」電腦。走進三C賣場，我往國產品牌走，他拉著我走向另一頭，對著 i Mac 摸摸瞧瞧，一下要我試滑鼠，一下要我按鍵盤，摸索十來分鐘，漸漸有上手之感。K看我沒嫌棄，走到櫃台訂下，從頭至尾不到二十分鐘。我說，華碩外型輕薄又酷炫，不含稅只要八百美元。一向勤儉的K反常的不理我，堅持要買貴兩三倍價錢的蘋果電腦，開車回家的路上，他才對我說原因。

原來，我曾經在不自覺的情況下表達對蘋果電腦的愛，沒想到K記下來了。仔細回想，當時我是在一則網路報導看到村上春樹有一張寬敞的木頭桌，桌面大大方方擺著一台蘋果電腦，除了滑鼠沒有其餘雜物，整張桌子乾淨俐落，凸顯 i Mac 潔淨出色的身影。我被它的摩登外型迷惑，因此未經大腦說出「哇塞，我也想要有一台」的傻話來，有口無心啊。那是我的解釋。K 卻說他希望我試試蘋果電腦，體會它的優點缺點，面對世界矚目的知名產品，如果只是站在外圍觀看、讀別人的使用心得，永遠無法了解它的價值與內涵，更不知道自己究竟喜歡它的實用，還是一時的從眾迷戀。換句話說，認識的只是第三者的口水。

我們的朋友 Ali，當年獨自帶著小學畢業的兒子到加州讀書，兒子上課，她去成人學校讀英文，母子倆很快融入美國生活。兒子進入青春期後，母子的矛盾衝突逐漸增多，為了解決日常生活的爭執，Ali 決定拋棄自我成見，以朋友立場重新跟兒子交流，沒想到情況就變了。上高一的兒子某一天對她說，「媽，我要去刺青，我朋友都刺青，多酷。」Ali 不但沒有反對，也跟著刺了兩隻家裡飼養的鬥牛㹴在腳踝，母子倆有說有笑，愉快的走出刺青店。那一刻，兒子重新回到她的世界，她的世界多了一抹青春。

一路走來，Ali 義無反顧陪伴兒子成長、成熟，學習欣賞不同的文化價值，如今，Ali 的兒子在紐約經營一家網路遊戲公司獨當一面。刺青的世界不是只有暴力與幫派，它是圖騰與人身的相遇，富有情感，外圍觀看的人不會懂。就像使用蘋果電腦之前的我，想像它很完美，使用後才知道，它的完美有一半來自果粉徹夜排隊的形象加持（笑）。

天佑鮑比

二十歲那一年開始我的早齋人生，截至目前已十七年有餘，晚上十一點到早上十一點必須奉行不食肉、不食蛋、不食蔥蒜的紀律。偶爾出門在外不方便，我則隨順因緣，肉就免了，蔥蒜蛋有時無可避免。坦白說，奉行早齋跟我的信仰有很大的關係，但是我不打算於此討論宗教，我想討論的是因宗教而延伸的戒律下的所有的愛。

不可諱言，因為信仰的關係，我必須守戒，守戒不辛苦，但是旅行期間例外。比如住了一間旅館，早上起床悠悠晃晃到餐廳，每個人津津有味的享受各式早餐，我只能一杯咖啡、一塊可頌、幾片水果，相較之下，內心的衝擊不可說沒有。守戒的第一條即是吃，只要通過吃的慾望，其他就沒什麼大不了了。「戒」這個東西像是跟自己的本性打架，有時贏、有時輸，反反覆覆，但是我不得不說，持戒最重要在於守住慾望，祛除惡意，約束的是「自己」，從來不是別人。可是我發現很多人常常不自覺拿著宗教的框架或是未臻成熟的團體意見隨意套在別人的身上，讓別人喘不過氣，讓別人無法生存，讓別人遭受誤解，讓別人沒有自信，我覺得這是一件很殘忍的事。

我看過一部由真實故事改編的同志電影《天佑鮑比》（Prayers for Bobby），男孩鮑比與家人感情緊密，卻發現自己的性向不容於整個家庭和親友之間而選擇自殺。看完那部電影後的心情非常激動，忍不住上 plurk 跟噗友討論，如果一個人本性淳厚、愛護家人朋友，擁有正確的人生觀，同時熱情、開朗，樂於付出，這樣的生命應該受到更多保護和讚美，而我們卻讓這樣的生命流逝在你我之間。如果打擊「天生如此」的同志是正確的價值觀，我不知道錯誤的價值觀是什麼？生命有太多的不可思議，那些不可思議可能包括外星人、火星發現水、冥王星有生物，或是月球有兔子，whatever，值得窮盡人類的智慧和科技去了解，但是只要是人，一個正向、努力，愛惜自己、家人、朋友的人，他就是一個無比正常的人，不需要特別標示。

我不太公開討論同志議題，對我來說，同性戀跟異性戀沒有什麼差別，特別關注反而顯得不對勁。然而我發現越來越多書寫同志的書籍問世，以感性的愛、善解、包容不斷與這個社會的「主流」價值作無聲對抗，我的感動一如當年看完《天佑鮑比》，久久不能自已。一對真心相愛，認真過日子的戀人不應該也不需要跟一群外人解釋自己的狀態，卻又不得不承認外在眼光永遠如虎如狼，這種背部隨時要中箭的驚慌感和侷促讓人十分哀傷。

沒有一個正常人需要被另一個正常人評判存在價值，沒有一種性向需要跟另一種性向多做解釋。主宰生命的源頭是一切的光明與善意，不是一個人、一個團體、一個單一價值說了算。

細節裡的美德

我居住的地方是一座擁有百來戶的資深社區，房子前方有一座大公園，每天早上有固定的老人軍團做運動，有慢條斯理的太極舞，也有搖曳生姿的扇子舞，鏗鏗鏘鏘的音樂聲，把一座睡眼惺忪的公園扭得精神奕奕的。我跟鄰居阿卡偶爾散步累了便加入他們，右大腿受過傷的阿卡舞太極煞是辛苦，加上她平衡感不佳，好幾次都差點跌跤，我倒是比較欣賞扇子舞的流暢感，舞著舞著想像自己是在皇宮裡給皇上跳舞的侍女，有一種穿越的奇妙感。這是一處結合綠意的優良社區，這裡的住戶只需管理屋裡的事，比如餐桌上擺花器還是擺水果，至於屋外的事統統歸社區委員會，曾經有個住戶偷偷在陽台裝一隻小耳朵，管委會隔天風風火火上門按鈴，霸氣凜然的說，「拆掉或罰錢，二選一。」

半年前，社區委員會來信通知，五年一次的油漆工程即將展開，由於住戶眾多，加上木造房屋的細節比水泥屋繁雜，完成一幢屋子的油漆工程大約要十個工作天。為了讓住戶自主決定顏色，管委會將三種不同顏色的漆料塗在每一區的公共外牆上，住戶可以投票決定油漆的顏色。半年前的通知信，半年後才輪到我家，那是一個星期三早上，四名蓄鬍子的工程大隊將我家的出入口包得密不通風，包括大門、前後陽台、窗戶，我無法出去，誰也不能進來。我本想，油漆不就拿起刷子刷刷兩下，沒想到事前的預備工作不少，像一個姑娘家抹胭脂水粉那樣精雕細琢。正因為如此，我得以見識所謂慢工出細活的本事，從幾名彪形大漢身上看到一種細節裡的美德，就算是一顆小小不起眼的螺絲釘，在他們眼裡也慎重成雄糾糾氣昂昂的大廟龍柱。油漆工人先將螺絲釘周圍用紙包住，再用纖細的小刷子輕輕來回，乾了再補色，補了色等乾，重複兩三次，直到顏色飽滿。光處理一個小螺絲釘就如此耗工，可想而知其他更細的工程有多麼感人肺腑。

細節不簡單，細節是成大事的根本，是一個國家有無希望前景的基礎。台灣最波濤洶湧的撕裂就是政治，政治也是素人翻身的舞台，每個有錢人想盡辦法要權以穩住社會地位。我當然相信政治人物起初都有理想和抱負，一旦順利出線，該建的軌，該挖的路，統統包在身上。然而權力讓一個人的理想和抱負逐漸變調，個人利益大於人民利益，昧著良心拋棄曾經允諾的一切，匆匆忙忙奔向另一個更迷人的舞台展現雄心壯志，忘了回頭看看那些曾經全心全意仰賴自己的市井小民。其實，人民很好哄，只要當初怎麼說，最後把那些承諾老老實實兌現就好了，可是我從來沒看過哪一位「偉大」的政治人物做得來這麼件小事。

重新啟動

中國實境秀《爸爸去哪兒3》第一集開播我便緊追不捨，每個週末晚上是我隔空參與夏克立父女在中國錄製節目的時刻。我特別關注夏克立與夏天的互動，父女倆合作無間的親暱與默契或多或少因為鏡頭拍攝而帶有一些刻意，只是再怎麼造作，眼神無法隱藏情感，與其說我愛看這對漂亮的明星父女，不如說是一種彌補，從夏克立身上，我看到一名父親對女兒全心全意至死方休的愛。

我看過很多爸爸對女兒的愛與夏克立類似，但是我從來沒看過那種透著熾烈、透著溫柔、透著純粹，任何時刻都精彩萬分的依戀眼神，好像全世界只為女兒一個人存在。加拿大籍的夏克立因為文化背景因素，任何場合從不避諱展現為人父的愛，在美國生活久了，我逐漸嚮往這種不含蓄，直接到位的表達方式，「愛在心裡口難開」的彆扭已不時興。

夏克立讓我想起父親，我曾在書上提過父親六十三歲往生，從入院到離開，僅二十多天。父親過世的五年來我時常反省與他生前的互動，大部分的記憶都是灰色的，我後悔當初沒有同理因家族債務和事業停滯的雙重打擊的父親，一味的對他抱怨和比較。我知道父親愛我，只是舊式男人的尊嚴嚇阻了我親近他的慾望，暴烈的性格也掩蓋了他絕妙的裁縫手藝，命運困蹇礙難出頭，他的世界應該是烏雲滿天吧。父親跟家人的關係時而和諧、時而爭執，我們對他的愛時而濃烈、時而疏離。

為了償還家族的債，三十多歲的父親在一間家具工廠當噴漆工人，當自家的西服店休息，他就去工廠加班，在密閉的小房間噴漆，長達五年。我不曉得是不是油漆的化學物質誘發病變，還是潛伏在血液裡的基因作祟，導致一發病便無可挽回。入院的第一天，父親被護士推進血液腫瘤科做脊髓穿刺檢查，確診急性白血病，父親的兄弟姊妹接獲通知，一同到醫院做骨髓配對檢查，檢查還沒結果，第一期化療也還沒有結束，父親就走了，走得讓人措手不及。

如果父親有撐過第一期化療，如果姑姑叔叔的骨髓配對成功，如果慈濟骨髓資料庫有吻合的髓液……，也許父親就能繼續活著，過著嶄新的人生，或許他會變得比較柔軟，比較樂於助人，比較懂得表達他對家人的愛。

身為血癌患者的家屬，骨髓捐贈對病人而言是一種無以回報的大恩，更是一個家庭重新站起來的力量，它拯救的不是一個人而是一個家庭。失去家人的痛非三言兩語可以道盡，若真要說，就是苦不堪言四個字。

安分快樂

平常雖然不至於息交絕遊，卻十分享受獨處的時刻，像我沒事愛待在家的人來說，住在哪裡都一樣。可沒想到，我定居在一個創業風氣鼎盛，卓越科技聞名的重鎮，Google、Facebook、Apple、Yahoo 世界級的大公司是矽谷日常生活背景，滿坑滿谷的工程師成就這片欣欣榮景的風景，他們富有創意，滿腔熱情，不管在地人，還是移居者，相信付出就有機會，機會藏在每一次不放棄的失敗裡。

我是一名疏於打理人際關係的文字工作者，一整年的收入付不起矽谷一個月的生活費，更別說一點點額外的樂趣。外面的人看矽谷充滿不可思議，就算是老在地的美國人也覺得這是一個「離奇」的地方，年薪十萬是窮人，扣除房貸、租金、保險、生活費，存下來的大概只剩個位數。在矽谷，生活成本難以想像的高，好學區地段一房一衛租金平均三千五百美金，是大部分工程師稅後月薪的一半，擁高薪的工程師都難以負擔高房租，更遑論其他產業。在這個地方過日子，四口之家年薪二十萬不太夠用，若要保持一年兩次旅行、隨性外食，或是選擇中等以上的學區居賃，三十萬是基本。

住在矽谷這些年，慾望逐年降低，假設拿一年十二萬台幣的稿費在美國消費，剛好買兩台 I Mac。辛辛苦苦寫了一年，買兩台電腦就沒了，這種沮喪感十分消磨自信，自信沒了，不管穿什麼衣服、戴什麼首飾都遮掩不了自信的捉襟見肘。另一方面，這裡是一個拚腦子拚創意的地方，每個人都希望活得出色、活得出類拔萃，就連探訪兒孫的阿公阿嬤都每天早起學英文、練開車，渾身是勁。

也許有人質疑，矽谷的生活門檻如此之高，為什麼還能吸引大批人前來？毫無疑問是因為機會。這個機會不用外求，自己就可以給，只要願意，不惜吃苦，這裡可以成為素人發跡的寶地。比如貼心的孫女為了失智症的阿嬤設計的特殊餐具，還有善良女孩為非洲百萬失溫嬰兒設計的保暖袋，只要心意堅定，目標準確，資金與貴人都會在適當的時機降臨，助你完成夢想。

我與我的工程師先生住在矽谷，他單薪養家，我們的生活跟富貴攀不上邊，但是食衣住行育樂樣樣不缺，心靈已富足。在自己的能力範圍安分過日子，快樂與幸福便會由內而外延伸，人類的心靈安定劑是知足。

煮婦的苦衷

母親不擅料理，最拿手的菜色是雜菜鍋，所有食材洗淨放進鍋烹煮，三十分鐘後要肉有肉，要菜有菜，想喝湯的也有。如此極簡的料理方法被我家兄弟統稱為飼料，可以飼孩，也能餵雞餵豬。兄弟姊妹散居各地，得空回家團聚前一天得電話叮嚀母親千萬不可下廚，她的廚藝數十年沒有長進，就算大費周章上市場買了昂貴的食材，最後也是殊途同歸，全混在同一鍋。

我的廚藝不佳，應該是拜母親所賜，有記憶以來，只要吃飯時間一到，端上桌的菜色永遠讓家人瞠目結舌，連最不講究的父親也嚐不出一個完整味道來。我的舌頭從小未被訓練，長大後對廚房之事理所當然排斥，姊姊未出嫁前，三餐由她負責，母親退出廚房；姊姊出嫁後，母親再度執鍋鏟，只有父親願意捧場，我三餐在外，連廚房也懶得進。沒想到，一向不洗碗、不下廚的我未出幾年報應降臨，我被現實一步步逼進廚房掌廚沒有退路。

在台灣，早餐店滿溢，流動早餐車的機動性更強，中西式餐點一應俱全。美國不時興路邊攤，早餐店也非三五步一家，開車三、五英里甚至更遠才會遇到一個賣場，一間早餐店。一般來說，趕早的上班族和學生通常在家吃，不怕停車排隊的人會選擇星巴克，再不濟事麥當勞也是選擇，只是長期食用恐怕得拿健康來換。婚後，為了先生的健康著想，做早餐這件事落到我的頭上，因為長期持早齋，一大早弄葷弄肉不適應，煎培根炒火腿讓我頻頻作嘔像孕婦晨吐難受。話雖如此，我也沒打算改變他的飲食習慣，強勢改變不僅不道德，也容易破壞夫妻感情。我花了三個月的時間把培根火腿變少、變薄，最後變不見，因為採用的是青蛙煮水效應，先生不知不覺改掉油膩的早餐習慣，四年後，他已經是一個持早齋非常得心應手的基督徒，朋友都說，他的氣色比從前更好了。

不擅廚藝，又想顧及健康，只好規定自己一個星期幫先生準備兩至三天的午餐便當，對一般家庭主婦來說，準備三個便當像桌上拿柑輕而易舉，對我來說，卻有一種老狗變不出新把戲的困窘，兩三樣菜色輪流煮，他不膩我都煩了。於是幻想有一天鐘點阿姨到家裡弄餐，解決我這位兩光人妻的心頭愁，但截至目前為止，僅止於幻想。

在舊金山灣區，許多家庭都有吃飯的困擾，有的媽媽照顧小孩分不開身，有的則是夫妻雙方都在工作沒時間煮，因此住家阿姨極為搶手。某些廚藝精湛的媽媽腦筋動得快，在自宅烹調食物供婆婆媽媽下單，解決職業婦女好大麻煩。當然，選擇上館子也是可以，只是上館子貴，菜色油又鹹，吃久了口袋易空，心也老實不安啊。

雙面膠

大約是二十年前，聽見周圍的人在公開場合談論「外勞仔」是非，雖然不懂外勞真正的意義，聽久了，多少也明白所指何人何事。因為周遭人對東南亞勞工恣意批評，讓我產生一種以偏概全的印象，甚至對不知真假的抹黑妄下定論。尤其當婆婆媽媽們講出「外勞仔」三個字時的輕蔑口氣讓我有一種莫名其妙的優略感，原來「我們」比「他們」高尚有水準。無知的優越感維持三五年，一直到出社會才了解外籍勞工的努力與辛苦，對於從前的自大心態感到懊悔和難為情。

外籍勞工是時代的產物，就像華人被聘僱到加州淘金進而落地生根，人類的遷移史有它的歷史意義與定位，可以肯定的是，每一次的遷移都是撕心裂肺的拔根過程，而遷移後的生活也多半動盪不安，充滿欺凌和壓迫。只有經歷遷移或是長期居留海外的人才能明白被現實巨輪逼著往前走的不得已。歧視兩個字呈現了歧視者觀看這個世界的局限與狹隘，想當初，外籍勞工進入台灣，政府機關或學校老師若有稍加解釋他們來台工作的始末，或是提供相關背景說明，我也不至於人云亦云，愚蠢的傷害了人。

美國有一個電視節目《What would you do》非常受歡迎，節目當中安排許多特殊情境考驗人性。有一回，節目當中安排一名打扮時尚的白人女性到越裔沙龍店做指甲，那名白人女性假裝跟朋友講電話，不時穿插幾句羞辱越南女子的言語。當時坐在白人女子兩旁，同是白人的女士們面露驚訝，企圖阻止那名女子的言語暴力。節目總共安排三對不知情的消費者「參與」，沒有意外一面倒的譴責那名自以為是的白人女子。見義勇為的女士們是否經常旅行，到世界各地走走看看我不曉得，但是身為泱泱大國的子民，能夠溫柔平等看待移居者，我想，那絕對是教育的結果。一個人的眼界太小，小到只能看見自己，不知道人外有人、天外有天，不知道移動者（勞動移居者）擁有化逆境的本事，歧視者成天窩在自己的舒適圈志得意滿、自我感覺良好，然後隨意批評，簡直愚昧。

身為一名移居者，我當然嘗過被歧視的滋味，卻不因此傷心或自卑，世界如此大，我的世界不會因為受到無聊的歧視而縮小一絲一毫，相反的，歧視者的視野將停留在一口井與一雙蛙眼之間。

年年如此

美國的華人超市一向跟著中國傳統節日走，每每搶先在端午節、中秋節、春節前夕擺出應景的食物與禮盒提醒海外的遊子今夕是何夕。從懂事開始，我便對農曆春節有著深深的怨念，那股怨念來自每一年單打獨鬥的大掃除、大採買以及圍爐上的撕自尊話題，沒完沒了的拜訪，每一年都搞得心情萬般不好。我總是在心裡偷偷想，假使能在國外躲一躲春節該有多好，避開人情炮灰，圖個耳根清淨。移美後，我習慣年底返台，一待就是三個月，一來陪伴獨居的母親，二來陪家人過農曆年。我還記得第一年回返，哥哥警告我，離開那麼久，不怕先生寂寞難耐？殊不知，每年返台九十天是先生的支持，他把我帶來美國，擔心我媽不習慣，一年三百六十五天，回台灣陪她老人家九十天，應該的。關於這點體恤，我感激在心。

今年農曆春節我破天荒留在美國，兄弟姊妹不斷詢問原因，尤其我姊，指著我的照片罵，「都要過年了，還不回來，搞什麼？」罵歸罵，姊姊奈何不了我，更何況相隔那麼遠，不痛不癢的。滯美最大的原因是我牽掛的母親去年中旬搬到小弟家，原本獨居的她有人照顧，有人盯三餐、盯運動、盯上學，懸在半空的心總算踏實，返台這件事可有可無，反正日日跟母親視訊，連她下巴何時冒痘、何時消，我都一清二楚。我講究家人心與心的依偎，卻不喜歡黏膩的人情酬酢，親戚友人也盡量避免走得太近，保持獨善其身是我嚮往的方式，多餘的人情總是干擾。當整座台灣島熱熱鬧鬧過著農曆春節，我在美國過著尋常日子，這樣的「切割」很適宜。反過來說，當美國的感恩節、聖誕節、跨年活動如火如荼的展開，我慶幸自己可以泰然自若當個局外人，要融入要抽離，全憑自己的心意。

朋友歷兒跟先生從香港搬來美國業已數年，她是土生土長的台北人，大學畢業到香港工作定居結婚，是一名不折不扣的city girl。歷兒說，搬到村色無邊的美西還真有點不適應，若真要作一番比較，美東恐怕比美西更適合她的城市大腳，尤其是紐約，集時尚、便利與熱鬧於一身。我可以理解她的不適應，就像彰化鄉下長大的我，對於台北、紐約、巴黎、東京的都市節奏向來水土不服，也是這個原因，使我能夠待在舊金山南灣過著鄉村生活。這個年，身邊的朋友早已飛回台灣跟家人過節，一道道賣相佳的年菜照片刷香了臉書，我看見歷兒與一干友人在東區粉圓打卡。

耳際上的炮聲、視覺上的炮聲，扎扎實實的熱鬧著，待元宵吃了湯圓拜了土地公，新簇簇的猴年趨於平靜，柴米油鹽的日子繼續在猴歲次中老老實實展開。年年如此，如此年年。

曾經迷惑

最近一個月，我家陽台進駐了一隻嬌客，總是在大地將暗的時刻飛來，看不清牠的羽毛顏色和模樣。直到有一天，為了躲雨早早飛進來，身型靈巧的立在竹鈴上，用尖喙整理溼羽毛，模樣非常討喜，我拉開落地窗仔細觀察特徵，原來是隻喜鵲。我歡迎小動物光臨，記得前些日子有隻可愛的蜂鳥每天晨昏定省，還有蜜蜂在大門上方銜泥做巢，看牠們忙得團團轉，真覺得世界和平。

喜鵲在中華文化裡是喜的象徵，牛郎織女每年相會得靠牠們搭橋，然而在歐美文化中，喜鵲卻是噩運的象徵，被歸類在烏鴉那一欄，刺耳的叫聲和不討喜的黑衫讓牠們在歐美地盤身段盡失，我也因此陷入福兮禍兮的迷信小劇場旋渦中。

文化便是這麼有趣，每個人揣著各自的生活信仰和習慣理解這個世界，跟不同立場的人爭得面紅耳赤，殊不知每個人所認識的世界都只是地球上的灰塵細屑，卻過度自信，把土地的毛細孔吹噓成地球的全貌、宇宙的輪廓。光是一隻小小的喜鵲就把兩個文化的價值完整的楚河漢界，那麼我們一直以來所執著所堅持的信念是不是也是一種以管窺天，一樁可笑的無知，而且為了這個無知做了多少不可挽回的蠢事。

比如說，我最近在臉書上讀到臉友分享某個小學生的作文被導師不留情面的批評，留言的臉友一面倒批評導師落伍八股，更缺乏創意。老師眼中「不及格」的作文讓我思考頗久，為什麼小學、國高中的國文老師大多無法接受異類文章，反而對忠孝仁愛信義和平的八股作文感到舒心眉解？他們想維持什麼樣的價值體系，想保護什麼樣的傳統思維？我假設自己是一名義務教育階段的國文老師，八九不離十會對這類平庸的作文缺乏耐性，但又為何我沒辦法反駁這些作文老師的陳舊和八股？我的猶豫來自哪裡？

我一直都不算聽話的孩子，大人說的跟我做的始終是兩條平行線，不只是我，我相信很多人也是如此。叛逆附著在人性裡，每個人都被免費奉送了幾條，成長過程中，學校老師教我們要長幼有序、天地尊親師、齊家治國平天下。那些傳統價值不知不覺逸進骨子裡，長大後就算再叛逆，再胡作非為，總還記得那個直立不墜的信念免於陷入歐美社會的冷漠。美國人強調個人主義，在某些範圍裡是好的，但是在家庭倫理建構上卻是鬆散的，他們享受獨立自主，鼓勵創新，卻沒有一種核心價值抗衡人性當中的自私，也不注重「吃水果拜樹頭」的源頭回饋。

若是我們鼓勵孩子鄙夷傳統、向學西方，將淪為不中不西的族群，而其實現在的孩子受到網路無國界的影響，已經些許這樣的況味了。我想，這或許是我無法反駁八股的真正心聲吧。

辦桌

過年前一星期，我跟母親在 skype 閒話家常，她突然冒出一句話，「妳哥哥弟弟年節工作緊，沒辦法提早載我回彰化，不提早回去，年菜沒人買，清潔工作沒人做，怎麼辦？」母親說話的當下，我能感受她的坐立難安卻也愛莫能助。除夕前幾天，母親更顯不安，三十分鐘的視訊，只聽見她不斷重複「屋子很髒，年菜沒買」這八個字。她是傳統婦人，沒有年菜就無法祭祖，沒有祭祖就是忤逆，身為長媳的她一直過不了偶爾當「逆媳」那一關，不管我如何說破嘴皮，她還是無法接受「祖先沒在我們家用餐一定會去其他親戚家圍爐」的瘋話。

結束視訊，換我坐立難安，關於年菜這件事，母親算是走投無路了。我點開小學同學的臉書，聯結到童年鄰居「阿標辦桌」的粉絲頁，沒有意外，年菜預定已經截止了。不過我天生厚顏，打了越洋電話到阿標家裡，接電話的是阿標老母，聽見我要訂年菜，立刻把阿標喊來。阿標來了，可能嘴裡嚼著檳榔，口齒不清的說，「快要呷團圓飯了，哪裡還有年菜。」我不放棄，低聲下氣的請阿標隨便給我四道菜就好，但是要有魚、有雞、有蝦、有冷盤。糾纏到最後，阿標在沒有食材庫存的情況下答應給我魚、雞、蝦以及冷盤（不知哪裡挖出來的）。總之，母親順利在除夕當天從阿標家取到四道年菜，維持傳香數十年的孝媳美名。

中國人重視吃，在吃這件事上展現人情之美，西方人說，中國人的人情太曲折，面子、裡子常對不上，比如吃飯的禮數。長輩教導孩童舉筷不能伸向遙遠的盤子，就算慾望滿喉，仍然要守住規矩。西方人不作如是想，不管菜盤如何遠到天邊，他們還是請人將菜一盤一盤遞上來，若是聚餐人數太多，一個盤子從東邊傳到西邊，再從南邊轉到北邊，各自夾妥要吃的分量再傳回去，整頓飯都在遞盤子。這種遞菜的動作看在中國人眼裡簡直粗魯，但是中國人愛吃卻要忍住的惺惺作態在他們眼裡才是矯情。

說到年菜，想起不久前看了一齣辦桌的連續劇大為感動。劇中爸爸是一名失明的鄉野總鋪師，只要鄰里嫁娶或是寺廟活動，這位總鋪師一定在現場指揮若定，這一家人包含總鋪師在內總計五個人，一年三百六十五天，五口人天天在外幫人辦桌。這戶人家生活不富裕，感情卻十分緊密，總鋪師總是跟自己的小孩說，「日子苦，全家一起苦，是苦也回甘。」

有人說有錢人有福報，前一世好人好事做足，這輩子來享福。其實有錢只是福報的一種，如果擁有鉅額財富卻是骨肉分離或是眾叛親離，或是失去友誼失去人格，這種有錢不是福。當一名平凡人，妥善經營家庭，保持親友情分，心有餘做公益，就算終生財富平庸，但是生活篤實安定，這種福才能算貨真價實的幸福。

為難

童年有一回看母親提著菜籃子趕著上市場，臨出門前請父親曬衣服，父親聽了沒作聲，倒是廚房吃早餐的阿嬤說，「查甫郎曬什麼衣服？沒體統。」最後那桶衣服仍舊由母親從市場回來才曬，因為曬的時間稍晚，到了傍晚仍有一半沒乾。

四個小孩降生之後，我家的運作模式早已成形且堅若磐石，不管母親如何忙碌，洗碗、曬衣服、洗衣服、煮飯等家務事從來不會落在另一名稍閒的人身上。我父親是個面惡心軟的人，看到妻子又累又倦還得進廚房切切煮煮難免心疼，但是有一道更堅固的信念阻擋了他的體貼，從小被教育「遠離」家務的父親，只好睜一隻眼閉一隻眼讓母親獨自忙得灰頭土臉。

姊姊婚後與公婆同住，姊夫繼承了「手不動三寶」（家務事）的傳統美德，平時負責上班、接送兩名小孩上下學，偶爾手洗自己的上班衣物，其他家務則由姊姊、公公、婆婆三人分擔消化。姊姊當然會抱怨老公對家務置身事外，無奈家庭模式已經成形，只好抱著亡羊補牢猶未晚的信念來訓練小孩。為了未來的媳婦著想，姊姊訓練兒子做家事，掃地、摺衣服、倒垃圾，慢慢進化到收拾碗筷、洗碗、拖地，兩個小男生倒也做得得心應手。姊姊的公婆一向傳統，對於孫子學習家務這件事睜一隻眼閉一隻眼，因為他們老歸老，也知道「時代嘸同款了」。姊姊說，忙不過來時，兒子們會吆喝躺在沙發看書的父親幫忙，姊夫就會摸摸鼻子起身，乖乖完成兒子交代的勞役。

K一、三、五下班打網球，回到家大約晚上十點，我一個人吃飯很簡單，一碗湯或是半片麵包就能果腹。至於二和四的晚餐通常由K掌廚，他愛煮拉麵和烏龍麵，不管哪一種麵對他來說都是耗時費工，光配料就堅持要放好幾樣，料理之事，我通常沒他那等耐心。婆婆數年前往生，她是舊時代女性，家務事一人扛，導致晚年身弱體衰仍舊無法安心休養。K是小留學生，在美的頭三年受到舅舅與舅媽照顧不愁吃穿，第四年起吃穿問題全靠自己解決，養成獨立自主的性格。數不清的老傳統與舊思維一直沿用至今未曾更新過，以至於媳婦從婆婆手上承接一個對家務完全陌生的丈夫，日子久了，生活的抱怨越來越多，彼此看不順眼的程度足以淹過當初相愛時的濃情蜜意。

「家務事」從字面讀來有一種婆婆媽媽之感，彷彿男人一旦跟家務掛勾，就會顯得娘娘腔，很不 man。殊不知，家務正是培養人格獨立的基礎，如果一個男人被寵到連一張碗、一件衣服都無法獨力清理，更別說幫家人煮一頓飯，這樣的男人還值得期待多少呢？

大部分的男人執行家務的能力遠比家裡的小童還不如，這種依賴現象是家裡的婆婆媽媽按年按月按日養成，我便忍不住要問，「女人何苦為難女人？」

慢慢

K用完早餐出門上班，整間屋子便依著我的節奏進行，個人時間具體，情感獨立。這時我通常不急著吃早餐，先進房間默誦觀世音菩薩聖號數千遍迴向母親身體健康，接著才開始十分鐘的平甩功。練平甩功是為了對抗過敏，改善長久以來的體質虛寒，沒想到甩了一個月上癮，一天沒甩全身不對勁，同時漸感體內瘀積多年的病灶隱隱約約有了動靜。同一時間，社區的清潔人員 Amor 揹著大型吹風機和利剪穿梭在東西邊的花圃，透過玻璃窗，Amor 的動作像一場安靜的默劇，不管是大熱天還是冷風刺骨的冬天，他總是寸步不離的守著我們這一區，看著他的身影我的心也踏實了。K說，前幾天早上，他將車子開出車庫，Amor 突然敲了車窗，指著車庫堆積的樹葉說，「需要幫您把葉子清一清嗎？」K有些吃驚，Amor 只負責公共區域，私人車庫他大可不必。這些零碎的生活觀察尋常無奇，卻有一種滴水穿石的力量，讓我反省，讓我感激，讓我同理而且常常自覺做得不夠。

我的生活節奏太慢，慢到足夠觀察 Amor 的動作，慢到可以隨時停下來思考，反覆躊躇、經常斟酌。當年在台灣的日子忙碌焦慮，沒達成擬定的待辦事項或目標就覺得時間被浪費了，步伐一日踢趕一日，可是當時不覺得這樣的日子不妥，說是勤奮不如說是一種習慣。習慣如火如荼為生活奔走的感覺，習慣常常跟朋友聚會搏感情以免日後出代誌沒人理，習慣不跟家人吃晚餐因為工作比家人更重要。好多習慣根深柢固不覺得需要被調整，但是有一天，生活一百八十度轉變，才知道當初的習慣說穿了只是一種安全感，照著多數人的價值軌跡去走絕不會出錯，若出錯大家一起錯，我不是唯一。

坦白說，我經常嚷嚷做一點事來建立自信。比如，出門上班接觸人群。比如，去社區大學拿學分。每天附在K的耳邊碎念一大堆想做的事，久了，他發現那些「我想做的事」只是我的自問自答，他便充耳不聞了。那些自顧自的嚷嚷是兩個「我」在打架，忙碌與清閒兩種截然不同的生活讓我有一種罪惡感與不適應，恐懼日子過得太散慢對不起祖先對不起爸媽對不起社會。

最近一年，我敞開心胸接納目前的慢半拍生活，學習與慢字並肩走著也學習欣賞人情世故的繁雜與瑣碎。

德不配位

對於不喜歡出門這件事我已經放棄治療，K和好友們雖然口徑一致要我多出門社交以充實人際帳戶，但是與其花時間與一群陌生人不知所云，不如好好獨處，看一部電影、寫一篇文章、讀一本經，或是看吳宗憲低級笑料節目都來得過癮。梗鋪得這麼多，其實只是為了解釋懶得出門而無法到學校上課的理由，也算給自己一個下台階。不出門最大的好處是可以盡情的蓬頭垢面，萬一有朋友來訪，頂多洗把臉，換掉睡衣就是最大的誠意。而這群朋友來訪的「人種」當中，包括了我的家教。

我的家教老師叫 Shan，七歲被爸媽帶來美國過日子，她有插畫和日本文學學位和一個英語教育碩士學位，目前在國際學校教英文。Shan 的教學活潑有朝氣，很適合陰氣沉沉的我。第一次上課，我就被她高八度的笑聲稍微嚇到，不過我沒跟她說，因為她是一個動不動就喜歡反省自己的人，萬一知道笑聲嚇人，肯定憋著氣上課。我其實滿喜歡她一開口就來勁的個性，很容易牽引我的老靈魂從藤椅上起來曬曬太陽，甩甩手，回春回春。這種一對一的教學內容很單純，前半小時會話，後半小時訂正作文，一小時不著痕跡的過去，Shan 是好人不太計較，所以常常半買半相送，等到她想到要結束課程，已經過了兩個小時。不過我們也不是一直專注上課，最後的時間，我會挖一點八卦當零嘴，比如我知道 Shan 的先生是南美洲人，年紀小她一輪，兩人從相戀到結婚一路充滿神蹟，這份神蹟足以引誘偏好神祕色彩的靈氣導演拍一齣穿越的電影，有興趣的導演可以私下跟我聯繫（誤）。

Shan 的先生跟我一樣是巨蟹座，也許是這個原因，兩個女人一見面就沒有隔閡，話題直搗核心，見第三次面，我已經知道她人生百分之八十的祕密。記得有一次我寫了一篇關於「厚德載物」和「德不配位」的英文作文請她訂正，那篇文章她訂正得很辛苦，因為字裡行間充滿空靈感和不知所云。訂正完，Shan 很鄭重問我，德不配位是什麼意思？這下子換我傲嬌了，辭去教職已經五年，這回難得碰到真心想學習的學生。

我跟 Shan 說，有人一生辛勞，好不容易拉拔兒女長大，兒子才娶妻生子，自己就罹患絕症要死了。還有一種人，中了千萬樂透，未出幾年敗光，家破人亡。還有一種人，房子買了五六間，不是被騙就是倒債，最後一間不剩。Shan 聽完眼神有些迷惘，似懂非懂，我只好跟她舉我的例子。我跟她說，像我，寫字的，出了五六本書，專欄寫得很勤，但是收入很低，知名度很弱，差不多是 nobody，撐不起鎂光燈，她聽完笑出來，笑得可天真，可好看了。

知名度帶來曝光率，曝光率帶來龐大利益，倘若我的德性功德福報不足以扛起巨大盛名卻意外走紅賺大錢，我擔心的是天降災難而不是錢太多不知要買哪一間豪宅。此為德不配位之一解。Shan 總算懂了。

臉書的溫情

K因為工作關係，凡事講究「防諜保密」，對於需要提供個人資料的網路社群特別抗拒，因此他沒有臉書、推特、Instagram。他對臉書的「讚」可能導致好友切八段、家人反目成仇的「效果」感到不可思議，從沒想過一個虛擬的讚可以失序一群人的生活，甚至弄假成真，儼然是虛擬世界掌控了真實。

對於K的擔憂，我總認為他小題大作，臉書的功能有利有弊，能製造爭端，也能傳播愛，重點是如何善用這樣便利的網路社群，不讓它的負面能量影響日常生活。這個道理我們都懂，實行起來還真不是普通的難，倘若有一天發現自己莫名其妙在臉書被罵得體無完膚，最後殃及家裡的老父老母，還能大器笑笑說沒關係的人應該直接入仙班。對我來說，臉書就像美金，都是中性屬性，你要它變成什麼它就是什麼，臉書不會害人，害人的都是心態不良的人，錢也是一樣，給笨蛋使用就是一場災難，給智者使用就是人間有大愛的場面。

話說得漂亮，不過我承認使用臉書數年來，有一些箇中真諦我還真是最近才懂。在美生活，舊朋友都在台灣，不使用臉書維繫感情還真沒其他辦法，打開臉書，總是期待親人舊友的歡樂照片，讓我這個發落邊疆的人多少參與，彌補了「插遍茱萸少一人」的落寞。雖然我的臉友人數不多，發文的頻率也不算高，一旦發文都是當下的心情，期待跟遠方的親友互動，就算沒有留言，按個讚也挺好。所以臉書是寂寞者的天堂，隱匿者的舞台，自戀者的分身，社交失能者的堡壘，只要有臉書，生命堪稱完美。

才不是。

我得說實話，臉書多少帶有「集氣」的心態，讓人在乎，讓人認同，獲得的讚越多，代表說的話夠重，是人氣的象徵，是作家的另一支筆，是美食家的另一本食譜，是藝人的另一座舞台，是尋常百姓的第二個窩。可是近半年來，我開始思考沒有臉書的時代，我們究竟怎麼活過來的？壞心情沒有即刻上臉書紓困有得憂鬱症嗎？好事發生沒有即刻上臉書報喜有比較不真實嗎？把個人的事跟廣大的虛擬朋友分享有比較被了解嗎？關上電腦，那些或許真正關心，或許逢迎拍馬屁，或許經過湊熱鬧的人，一一消失於螢幕之前，躺回床上，世界重新回到你一個人。搞了老半天，什麼都沒有，什麼都不是，寂寞顯微，孤單膨脹，你還是你。

我也不是某些人，可以對臉書完全不理不睬，我也很愛看《靠北》粉絲頁，人間煙火熱熱鬧鬧，世界多了無傷大雅的紛爭，彌補無聊人無事可看的日常。然而，這些日子以來，我更加體會並且享受毫無干擾的生活，幸福、憤怒、完美、不完美、快樂、悲傷，統統都是自己的事，我想分享的，只剩對事的一二觀點，再也不是我個人。

真心真意過一生

對劉青雲有印象是一九九二年他在台灣演了一齣古裝大戲《一代皇后大玉兒》，劉在劇中扮演頗具威嚴的皇太極，跟潘迎紫有不少對手戲。當時我才國一，對這個演員輕易有了好感，直覺長相特別牛的他應該是個不擅言詞而重感情的人。多年後，我在他的粉絲頁讀到不少扣人心弦的小短文，朋友小蜜媽說那些短文不一定是他本人撰寫，也許是經紀人代筆，更有可能是陌生人藉由他的名氣所成立。其實短文是否為他本人撰寫無所謂，一段文字或一本書出現時，我嚮往作者已死，我比較重視文字給了我什麼。當然，如果作者是我極崇拜的偶像，那便屬於精神與肉體合一的境界，什麼都圓滿了。

我對劉青雲臉書的一段話特別有共鳴，他說大部分的恩怨愛恨都是因為距離太近，太近則不遜，有距離，才會有尊重。我把這句話放在心裡無止盡的反芻，把親情反芻、友情反芻，甚至頭點之交的情分也實實在在反芻了一遍，最後發現，世界上所有的情感都能套用之，當然「距離」不是討論的重點，因距離而延伸的空間與尊重才是。華人習慣撒善意的謊言，只為了人情更加溫婉，卻也因婉轉造成謊言連篇。比如說，我常跟樓下英籍鄰居 Jonas 相約早晨散步，可是過敏的鼻子像扶不起的阿斗，屢屢在散步的當天早上發作，只好臨時取消約會。因鼻子過敏而取消散步的次數多到自己都覺得離奇，只好開始撒謊，有時說跟朋友出門購物，有時是經期不適，有時說急件稿要寫……，其實統統就只是鼻子過敏而已。K無法理解我礙於人情而撒謊，在他的觀念裡，實話實說就是最美麗的待人之道。歐美人直腸子，他們無法理解繞了一圈子只為了圓一個謊的行徑。

我欣賞白人實話實說的性格，因為實話實說的背後有一個強大的尊重概念，不需要特意討好誰、顧及誰，自然就能安心做自己。然而想要安心做自己的前提是對「尊重」的看重，這份尊重來自於自己，如果自己都不願意給，導致朋友沒了分寸最後老死不相往來，對誰都沒好處。如果發生突發事件必須取消與朋友的飯局，對方卻無法體諒，那是他的問題，若因此而撒謊，比如拉肚子、發生車禍，胡說八道一通，那便是不尊重自己。

親人之間經常起衝突，最大的問題在於相處太近，有距離就會有生分感，自然延伸尊重。有人說某某對待外人比對待自己人客氣，那正是距離產生的生疏，因為不熟、不了解、不清楚而必須拉出的空間以策安全。親人手足吵架沒兩天會和好，畢竟血濃於水，親暱好友則需要保持距離，因為吵架不一定會和好，拉出一個對彼此都舒服的空間才會細水長流。對我來說，朋友不用太多、不用太近，願意互敬互重即可真心真意過一生。

人蔘氣

當年高中聯考成績不佳，只好就近鎮上的一間補校就讀，白天跟朋友在街頭擺流動早餐，光顧的客人大部分是婆婆媽媽和趕上學的學生，生意不算好。賺來的錢付完學費和生活費所剩無幾，日子長得沒啥特別，就是飯糰加蛋餅堆疊出來的庶民模樣。熟識的人來買通常要求打個折或買二送一，陌生人買一杯豆漿拜託打一顆免費的蛋。有些客人嫌找零的銅板油膩忙不迭甩開，有些人多等一分鐘隨即破口大罵，當時年紀小委屈卻承受不小，無奈人生劇本寫了這一段，只好被迫繼續演出。

長大後，反倒慶幸有過這段「苦日子」，否則習慣某種優勢，可能會忘了自己是誰，或是說，以為自己是誰。

移美後，經常與朋友光顧一間越南餐館，那家餐館的三明治非常可口，價位也便宜，只可惜店家座落壞區，去一趟總是提心吊膽，擔心被歹徒搶劫或是受到流彈波及。有一天實在忍不住了，捏著一顆小膽單槍匹馬到店裡買三明治，發現排在前方的男人很面熟，仔細一看，是家裡長期配合的墨裔清潔工阿喜。阿喜領著兩名小孩排隊，拿著 menu 詢問孩子想吃什麼。我決定不打擾他們，靜靜排在他們後面打算買完東西就離開。

買完三明治，阿喜和孩子們已不見蹤影。車子駛進我家社區入口處，瞥了後照鏡一眼，看見阿喜跟小孩們坐在不遠處公園涼亭內，我將車子停到公園旁的人行道，從車內往外看，小朋友吃著三明治，一下子追松鼠，一下子趕小鳥，阿喜坐在涼亭看小孩，臉上漾著幸福。眼前這一幕不正是每個家庭真心嚮往的幸福嗎？阿喜的身分敏感，住在廉價的幫派區，除了兩個小孩，還有父母和懷孕中的妻子要照顧，用一份薪水扛下全家六口的吃穿。我想起未久之前，他對K說恐怕無法繼續我家的清潔工作，他的老婆即將臨盆，得找份薪水更高的工作養家。

阿喜習慣在星期天教會結束領著全家老小到公園野餐，機靈的阿喜總有本事找到美味又便宜的食物，他說，二十元就可以買到全家人的笑容，非常合算。對我來說，二十元讓一個男人的肩膀往世界延伸，有了頂天立地的形象與能耐。

對於阿喜，我樂見他成功，但是不能確定將來功成名就了，是否還會記得與家人共享三明治的時刻、是否記得與孩子在公園野餐的幸福，是否記得沒有多餘的錢但是快樂很充裕的日子？比起更多受苦的人，我豈敢說自己吃過苦，只是社會的尖銳與人情冷暖都成了我看待自己與對待他人的標準。對於不曾在人生谷底掘苦來吃的人如何懂得認同那滋味，如何知道同理心長得不體面、不稱頭，乾脆保持距離以策安全。

小時候曾聽大人形容某某人的人蔘氣很重，長大後才知道，那是用來消遣某人高高在上的姿態，想像一名坐在太師椅上喝著人蔘茶，哈著氣的上流人士，其尊榮、睥睨、不可一世。在自己簡單的人際關係中，這類人物的存在只是為了凸顯那些誠摯待人的朋友的高貴情操，如此而已。

永不凋零的心

不管當年在台灣，還是移美之後的返台小住，總是能在不起眼的小巷裡發現不起眼卻有著極致美味的小吃攤。它們是庶民小吃，有些沒有懸招牌，有些沒有擺菜單，老闆或是老闆娘兜著一條陳年圍裙忙著應付客人，客人多如蟻，從巷口排到巷尾，下雨天撐雨傘，豔陽天撐陽傘，上班族、菜籃族、學生、阿公阿媽、明星貴婦，一旦經過總會費事下車或繞路，執意買一些回去給誰嚐一嚐。

上高級餐廳跟路邊攤排隊的行為層次不同，在餐廳吃飯是一種享受，不僅用餐環境舒適，空調適中，服務生堆滿笑容，沒有馬路的煙硝廢氣，一頓餐下來，每個人還能西裝筆挺、妝容乾淨的自在聊天。然而，在高級餐廳吃飯會有一種說不上來的拘束和疲憊感，彷彿上了一天的班，回到家只想換掉身上的套裝，踢掉咬腳的高跟鞋，進浴室泡一場舒服的熱水澡。而路邊攤就只是路邊攤，不需要特別在意或忌諱，夾腳拖鞋、吊嘎、短褲，自在的蓬頭垢面，沒有形象包袱，邊走邊吃或是拎在塑膠袋裡帶回家，暗忖明天下課或去哪辦事之前再來一次，也許要買兩份才夠。

路邊攤和高級餐廳各有其優點，也各有其擁護者，於我而言，偶爾去高級餐廳學習用餐禮儀是必要的，學習總是好事，但我更加傾心沒有限制、不需正襟危坐的用餐環境，不用時時刻刻提心吊膽，擔心湯匙沒拿穩，刀叉左右不分，喝湯出聲鬧了笑話。我私心的想，如果食物美味的重要性低於與食物無關或低相關的外在，那麼食物本身的主體性就是一場破碎。

那麼，我有一種體會，食物跟文學追究到底其實是一樣的。我非一般學院出身，沒有接受正統文學訓練，但是我期待文學的姿態不應擺在高處，讓人無法俯拾即是，隨意親近。我總是在思考，進入文學殿堂如果需要穿套裝、穿皮鞋、拎正式皮包，無法讓人隨手抓取，輕易共鳴，那麼文學的美好終究只是一場高度冷落。

從字裡行間讀別人的體驗是一件開闊眼界的事，從他人的文章把自己的局限讀個通暢，讀個清楚明白，了解這個世界上有一個陌生人與自己有著相同的困擾卻有不一樣的思維和眼光以及解決之道，那篇文章就是一份救贖、一份期待，它的存在與價值大於真實。

平日下廚時就算身邊有一本食譜，我還是無法照著食譜的脈絡下手，也許做出來的料理不三不四，甚至讓食客「指鹿為馬」，so what？人生在世，總得理一條坦途給自己走，並且試著安穩。

隨心所欲

日前從朋友的部落格看到一則短片，短片中的母親推著罹患罕見疾病的女兒到校上學，從記者側錄的採訪片段，我聽見這位媽媽這樣說，「以前我總以為一個人只要肯努力，最後都會獲得等值的回報。自從女兒罹病，我才知道這世間的事沒有那麼簡單，不是努力就會有收穫，不是我們想得那樣理所當然。」

這句話讓我心有戚戚焉，日子過得順風順水的人，總認為一個人只要透過努力就會獲得應得的報償，然後有一種狹隘的思考邏輯，比如說，誰誰誰不成功，肯定是不夠努力。這種人大概是還沒有嘗過生命的苦頭，總在付出之後等著回收，一遞一取，理所當然。事實上，世界上有一些人的生命矛盾特別多，時不時岔出難關無能為力，比如說，短片中的媽媽付出全部心力帶女兒尋遍名醫，最後的結果卻是必須接受女兒的疾病以及說服自己看淡女兒生命倒數的事實。

日子風生水起的人無法跳脫當下的順境去感受別人的不幸，在陽光下吹噓自己能耐的同時看不見背後那雙伺機已久的生命黑手。一個人處於順境，是因為生命的苦頭還未降臨，因此話說得比別人大聲，立場爭得比別人強，恣意取笑那些不如自己的人不懂得過日子，不會把握機會，不諳人情世故。可是當有一天，自己意外落了馬，不管如何努力，如何拚老命也無法讓從前的好日子起死回生，看著從前比自己弱的人慢慢爬上來，才明白何謂萬念俱灰。

世界上有一種讓人討厭的情感叫做同理心，那意謂著必須淺嘗或深嘗不幸才能轉換內心的悲愴成為一種理解他人的能量。這份同理能夠深植在一個人的內心多少不得而知，但是反過來想，這個社會如果沒有跌得特別重、傷得特別疼、無能為力得特別深的苦難人，在痛定之後的柔軟謙卑，這個社會將只剩下別人家的小孩死不完的冷漠。同理心不見得每個人都需要配備，但是寬容是必須的，不甚寬容的人最後的下場便是自己去嘗，然後才明白。在台灣的日子雖然自在但是苦頭也吃得特別多，搬到美國後，能做的事局限了，但也因為許多事做不了，日子就這樣慢下來，有了足夠時間對抗身體的小病小痛，同時給我許多時間觀察文化與生活上的趣味與異同。

這一年來最感充實愉快是撰寫了「三少四壯」專欄，當時接到邀約時決定跳脫以往筆觸，顛覆文謅謅的書寫風格，這個舞台讓我憋彆了的心裡話有了宣洩的機會。一年的專欄到今日結束，感謝曾經閱讀的你們。

輯三

旅行中的眼耳鼻舌身意

典藏一座秋天的城市

八月中旬的某一天在住家旁公園散步，不經意發現小徑上躺著兩三片楓葉，當下沒意會，繞了兩三圈之後才驚覺，秋天來了！我在心中惱怒秋天像偷兒躡手躡腳，總是在夏末與初秋難以拿捏分明之際把青葉悄悄漆成了琥珀，讓人措手不及。在舊金山灣區生活久了，秋天老是給我一種幸福與惆悵同時滋長的矛盾感，走在秋日裡，耳際的風聽起來都像離人在訴苦，咻咻咻地把人攜往更低潮的情緒地帶。每年的秋季症頭發作，K便不動聲色的上網訂旅館，數天後收拾簡單行李，直奔卡梅爾（Carmel）尋找救贖。而每每總要經過兩三晚的洗禮才能將這愁緒一縷一縷抽離，直到內心平靜為止。

從聖荷西（San Jose）往南一〇一高速公路到卡梅爾大約七十七英里，費時一小時三十分鐘，有靠山和濱海兩種路線可選擇。選擇山線會經過大蒜重鎮 Gilroy，一年一度的大蒜節在夏天舉行，知名的outlet商場也在其中。若走濱海，則會經過 Santa Cruz 和 Monterey Bay，兩個臨海小鎮各擁其特色，Capitola 的七彩童話屋和蒙特利灣水族館更是北加州兩大知名景點。兩條路線我們都走過，我個人偏愛海景，特殊沿岸地形適合走走停停，下車吹吹海風，看看海鳥，繞著繞著不知不覺就進入了卡梅爾。

卡梅爾建立於一九一六年，是一座充滿波希米亞情調的優雅小鎮，二〇一〇年人口普查三千七百多人，銀髮族占大多數，還有不少藝術家生活在此。美國著名導演兼演員克林．伊斯威特（Clint Eastwood）以及演員兼童話作家佩理．紐伯瑞（Perry Newberry）都曾經擔任卡梅爾小鎮的鎮長，正是演員與藝術家極具個性的經營方針造就卡梅爾在最適人類居住的評比項目裡永遠屹立不搖。四方湧入的遊客聽說過小鎮的名氣，曾經領略一次或兩次卡梅爾的恬靜和悠閒，還有一股說不真切，卻穿梭在大街小巷，彷彿哪個藝術家遺落街頭的不羈和隨心所欲。更彷彿是一種率真、無拘無束的高質感自由氛圍籠罩其中，我總是忍不住想像前一刻擦肩而過的那位長髮、蓄鬍、牛仔裝的偏瘦男子剛完成一件嘔心瀝血的作品之後漫入街心，然後在某個敏銳的攝影師的單眼相機裡化為永恆。

卡梅爾的主街海洋大道（Ocean Ave.）上的畫廊、糖果店、書店、咖啡館和餐館一家挨著一家，這座遺世而獨立，臨海又靠山，傳統又雅痞的浪漫小鎮吸引世界各地的藝術家長駐於此，他們有時獨自上街尋找下筆的靈感，有時跟朋友在露天酒bar暢談藝術信仰，有時倚在人煙稀少的矮牆抽著雪茄，孤獨又不拖泥帶水的放空。如果說卡梅爾典藏了許多嘆為觀止的藝術品，不如說是舊規矩、舊思維延續了外人眼中「不合時宜」的傳統，有幸免於文明的淘洗和破壞。百年來，卡梅爾拒絕速食連鎖產業進駐，保留不使用門牌號碼的特色，也曾經不允許高跟鞋進入小鎮，若強行要走，則需要申請許可證，更在一九八六年以前全面禁止冰淇淋食用和販售。面對年年湧進的遊客，卡梅爾展現了強硬的一面，對於毛小孩，她卻釋出無盡的愛與包容，對狗極度友善的店家門口永遠置著狗糧與水，室外用餐區幾乎是愛狗人士的天下，人與狗在此地被一視同仁對待。

卡梅爾的街頭很容易看見一種仿涼亭木頭櫃，櫃上疊著不少旅遊指南、雜誌和免費報紙，方便迷惑的旅人按圖索驥。我曾經抽出一本認真研讀，最後又放回去，卡梅爾不大，適合走動的區域已經畫在腦海裡，直走到底是海灘，兩側則是用數字命名的街，每一條街又藏著許多迷人小店、畫廊，以及極具個性的藝術工作室。有一次繞著小街走，發現一條別有洞天的窄巷，比台灣鹿港的摸乳巷還窄，小心翼翼走進去，先是一間別致的小書店，再往深處挺進，一間命名「祕密花園」的東方藝術小店為這條巷子打了句號。因為掩身巷內，店家打造具有天窗功能的蒙古包以利採光，各式各樣的藝術品在自然光下顯得明亮動人，我原以為如此窄巷旅客不多，沒想到小小蒙古包擠得水洩不通，有人站在心儀的藝術品前久久，無視人群來來去去。那種完全沉浸在眼前藝術品的專注讓人感動，就好像一名藝術家透過作品與世界對話，而且有了知音。藝術家該如何壓抑欣喜若狂的心，自在從容地與世人陳述那一份被理解的喜悅！

海洋大街走到底是一望無際的白沙海灘，白沙極細，旅人的腳不斷陷入沙裡，這般難以行走仍阻止不了對海一往情深的人。欣賞海平面的壯美之後，旅人回到大街上，在畫廊的玻璃窗前品頭論足，或者拐進小館吃一頓輕食，識途老馬的人肯定知道「樹屋」，在枝椏交纏的二樓喫茶等待日落，餘暉西盡，再慢條斯理的牽著影子回到旅館梳洗安歇。

卡梅爾的四季熱熱鬧鬧，春天的花牆，夏日的海灘，秋天的畫筆，冬季的雨，她的季節感分明卻不突兀不擾人，只有來過的人方體會。我固定在入秋拜訪卡梅爾，為爬滿全身的秋日愁緒做個簡單的淨身。

——原載二〇一六年十月《聯合文學雜誌》三八四號

午後的陽光拂過卓別林

總是這樣，在共有的時空裡分頭發生著各自的事。比如說，一九一〇年對我的總體意義是民國成立的前一年，橫跨民清兩代的英雄小卒都在那一兩年冒頭或死去。偶然在圖書館翻閱時代名人典籍，走入腦海的不是出生在一九〇四年的林徽因就是一九五五年死去的林徽因，大致都是那類具有才氣與質感的中國經典人物。從來不會是西方。比如一八八九年出生，一九一四年參與電影《謀生之路》演出的卓別林曾在北加州弗利蒙的 Niles 小鎮拍攝過五部電影，那一類西洋人物與我的世界相隔遙遠，更遑論他在我出生的前一年便過世，我們之間沒有任何共鳴與重疊。儘管他留下一些影片，一些可證明他的演藝成就的文本或遺物。

有些人總喜歡擅自認定別人的人生應該涉獵什麼、深入什麼，或是不應該不懂什麼、排斥什麼，具有一種不明就裡的主觀偏執，就好像我曾經跟一位嗜好電影的朋友坦誠，一年看不到二十部電影，對方所露出的吃驚表情，讓我誤以為自己跟電影疏離是一件很愚蠢的事。坦白說，我對電影沒有堅持，對於默劇就更毫無想法了，但是對於曾經是 Essanay Studio 電影公司旗下的巨型片場的 Niles 小鎮卻有一股難以解釋的好感，這份好感並非因為她是全球知名片場，更不是卓別林曾在這裡拍了幾部電影而從眾式的愛上。當然我無法否認 Niles 小鎮是因為電影產業在此繁華功成身退留下那些獨一無二的老建物和懷舊人潮讓後來的我有幸依戀與親近。

穿著拖鞋，悠閒走在午後的 Niles 巷弄裡，撲鼻而來的是一股類似塵封百年的朽木突然被攤在陽光下的老味，如果房子也有更年期，應該就在年輕人陸續出走、老人留下的那一刻。Niles 小鎮真的好老好老了，老到像一幅斑駁、漆料龜裂的英式鄉間油畫；也小到像一名拘謹的老婦人永遠走在五里外的夕陽下，遠看近看始終局限在旅人眼眶不生不滅、不增不減。因為她的老與小，在科技業勃發的矽谷更顯神祕與特別，金錢與股票買不到歷史堆積的情感，買不到一幢建築物逐漸老去的沉默和那些糾結人心的過程。或許是百年老鎮之故，主街上的古董店極多，不同時代的精品瓷器安靜的陳列在玻璃窗前，還有鑲金邊的茶几相框隨意擺在店門口，我和K隨性走進一間日裔美人經營的古董店突然有一種誤闖時光走廊的奇異感，隨手拿起一只角落蒙塵的杯子好似撞見前世的自己，頻頻催促老靈魂前來相認。

追溯與 Niles 小鎮的因緣，其實是好友R的牽線。

R是一名手工珠寶設計師，在台灣、中國與美國皆有專櫃，數年來台北、舊金山、西安三個地方輪流跑，相約吃一頓飯總是不容易。今年，R與先生總算決定在加州長待不走了，我們一兩個星期便要碰面一次，有時約在我聖荷西的家，有時在她弗利蒙的家。R就住在 Niles 小鎮後方的大型社區裡，社區與小鎮中間隔了一條湖，那條湖幽遠纖細，終年涔涔，像不知名的仙女遺落在人間的長紗，無違和的將私家與小鎮的日常作了完美的切割，含情對望卻從不打擾。

話說那一天，R來電說她終於把新家給弄妥了，要我與K參加她的 house warming party，我們要了新家地址便出發，中途在一間美式超市買了一盆蘭花想給新家添添喜氣。R的新家是一幢兩房兩套半衛浴的二層連幢屋，後院栽了幾棵柳橙李子樹，新鋪的人工草皮綠得發亮，也節省割草的瑣碎。用餐後，大夥坐在客廳聽黑膠唱盤，院子不時鑽來涼風，時間軟綿綿的，每個人呈現一種昏昏欲睡的頹廢。那時R突然從沙發站起來，精神抖擻的對著大夥吆喝，提議到 Niles 小鎮逛逛，醒一醒腦。於是大家收拾懶散，一行人開車繞過那條千年長紗，五分鐘後便到達小鎮入口。R的先生把車停在一家冰淇淋店門口，率先走進店，毫無猶豫的點了兩球芒果冰淇淋，我跟店員要了同款同分量的冰淇淋，接過手咬一口，有一種爽快海派的扎實口感，那是我第一次吃到整塊芒果果肉的冰淇淋，新鮮度就像自家阿嬤蹲在廚房角落醃漬一瓣又一瓣的芒果青，一種家常的真心真意。

我們走過一間又一間的古董店，最後與大夥脫隊，R和一干朋友或許已經返家，或許還在哪間店耽擱了一點時間無所謂。

我與K續闖了幾間有趣的小店回到街上，卓別林意外出現在一堵陌生的牆上，沿著那面牆往下走有一家越裔開的咖啡店，服務生會講一點點廣東中文，店裡的牆塗滿印第安人頭像，與亞裔臉孔的員工有一種黃梅調與爵士樂的不相干。若不繞進巷裡買咖啡，筆直走在 Niles 大道上，左手邊就是卓別林博物館，館裡擺放古老的攝影機、海報、帽子、拐杖以及破損的皮鞋，還有絡繹不絕的遊客進進出出，每一處細節都顯示卓別林在電影世界的舉足輕重。我在博物館裡繞了兩圈，拍了幾張照片證明來過，印有卓別林劇照的明信片拿起又放下，最後什麼也沒拿的離開。

離開之前，我在街尾的古董店買了一幅日本畫家 NOBUO 的油畫，畫裡的女子撐傘走過傍晚微雨的京都街頭，一股幾乎要溢出畫布，濃得化不開的寧靜與祥和真叫我無能為力的醉心。雙手抱著油畫再度走過卓別林博物館，店門已拉下，館內微暗，隱約看得到立體人型看板癡癡的凝望街頭。五時一刻的陽光焰氣不再，再走過卓別林牆，碎陽溫和的熨著一成不變的卓式沉默，安靜得幾乎與世無爭。

——原載二〇一六年八月《聯合文學雜誌》三八二號

漸漸走到一個空

就在我以為生活能夠逐漸脫離文字，再沒有所謂的不平之鳴或生活感想需要被寫進電腦裡，被刊載在報刊雜誌之際，好友Y的問候簡訊恰好無聲飛進了我的手機裡，就在我坐臥 Tiburon 小鎮一家露天咖啡館與舊金山近程相望的時刻。那則簡訊輕盈如鴿，完全沒有打擾，是一種親人間的尋常關心，每回收到她的信箋，彷彿喝到一口無雜質的鐵觀音，身口意盡是清明，朗朗如鏡。這些年來，縱然彼此流離在各自國度空間，浸淫在柴米油鹽的俗常裡，卻從不揚棄內心唯一可能的淨土，在奔放與收斂之間意識對方，祝福對方。簡訊末Y說，如果可以，再來一篇稿吧。我忍不住笑出來，遙想她那張洞悉世事的篤定神情備覺溫暖，我一向單薄的人情世故也在那一刻豐盈了起來。關掉手機，挪了一個舒適的角度重新將心思放寬至眼前的海平面，偌大的舊金山城在霧裡演繹光陰的沉悶和喜悅，有時灰白，有時瓦藍，有時心事重重，有時炮竹聲響。

世界上所有城市都有一種共同的屬性，那些憂鬱、幸福、怨懟、想念的描寫皆來自於人類的移情，是人類投射了自己的情感在一座又一座的集體建築中，城市於焉有了人性的輪廓，理性與感性，正面與負面，愉悅與哀傷。說穿了，那些從來都是「我」的造作、「我」的慾望、「我」的投射，與城市本性毫無相關。明白這番道理之後，我盡可能在日常生活中縮小自己，不隨意評論，不隨口起義，用傾斜立場和偏促眼光去評論一件「中性」事件有如淩空斬風，加重磁場的紊亂。當社會上一樁極其痛苦的事件發生，眾人排山倒海的情緒致使天地變色，追根究柢，久遠劫來的因，終究會在一個成熟際遇裡把這個緣給「圓滿」。事件具體成熟並且完成在與「因緣」切身相關的人身上，跟因緣無關的人可以當它一陣風，共業相生的人則是痛不欲生。於是我發現自己能做的非常有限，僅能在心裡遙視對方，那種感覺就像站在千里之外看見一名陌生小孩溺水卻無法即刻現身相救，隔一座山的遺憾讓人心情躁鬱，再深掘下去就會萬劫不復，只好就此別過頭去看另一齣正在上演的幸福喜劇。

這個世界每天都在發生遺憾的事，我的心情偶隨事件起伏，明知道不必要，卻無法如如不動，這是我與這個世界的肉身關連，不管願不願意。

我經常在度假的放鬆時刻，潑冷水似的跟K感嘆人生太苦，美景美食當前的K不是假裝嗆到，就是當作沒聽見，禁不起我一再哀嘆，他才放下刀叉，象徵性的追問一二。我給他取了牛的綽號，除了金牛座的星象外，他的個性跟牛如出一轍，認真認分，日出而作，日落而息，吃苦當吃補，一旦遭受惡意對待才會祭出牛角拚個你死我活。相處這麼多年，彼此罩門探過無數回，理解他，順著他的步驟過日子，他便忠心耿耿，無怨無悔。分析他的觀點，人生沒那麼複雜，生活、婚姻、工作都可以很簡單，他的「簡單」並非不思量，而是他以為人生有得吃、有得睡、有足球可看、有伴侶相陪、有朋友 hang out 便心滿意足，對於形而上那些糾結的林林總總，比如生命的苦痛，因緣的聚合，人生的終極意義等，他是一點探究的興趣也沒有。相較於我喜歡把人生皮相下的真面目血淋淋掀開，K的世界單純乾淨，走過焚膏繼晷、自食其力的留學生生涯，對痛苦的理解是接受而不追究，這是他與過往坎坷和平相處的方式。

在這場婚姻裡，我顯得咄咄逼人，他則是泰然自若，我喜歡究竟到底，他一向淡然處之，若不是自由，彼此在婚姻裡「做自己」的自由，我們的人生肯定是沒有交集的平行線，「互敬互重」將我們兩人包容在一起，過起一種叫婚姻的雙人生活。婚姻沒有好與壞、對與錯，在婚姻裡受苦的人覺得拖累，在婚姻裡快樂的人覺得幸福，不管快樂或不快樂都是感覺的形塑，少了「我」的拓印，婚姻便只是一個名詞的存在而已。

而所有的苦源自於心，我無法克制自己的心像蛇一樣四處攀爬，爬出許多奇形怪狀的念頭纏住自己，比如擔心母親寂寞，擔心姊姊的健康，擔心 Milpitas 的垃圾味飄到 Santa Clara，擔心下一季的花粉太張狂，擔心舊金山大地震。無奈的是，每天一早起床，念頭啟動便再也管不住東奔西跑的心，比如應該先準備早餐，還是先洗一場舒服的熱水澡，先到樓下把晾了一夜的垃圾桶收進車庫，還是先做十分鐘的伸展操。簡單的家務竟是一場心思拉鋸戰，更遑論其他撕心裂肺，讓人鼻頭酸的生死大事。我一直在修行，修正自己的行為，學習如何做人，不隨外在境界起承轉合，我也在學習縮小自己，用「無我」的立場看待事件的始末，不把自己放在事件的天秤上大聲斥責世界不公義。我知道這非常難，但是我沒有退路，因緣從不誤解任何人，我所擁有的，失去的，從不偶然；我的快樂、痛苦、幸福、悲傷從自己的心而生，從來不是誰作弄。明白越多越感到不安，只能隨順因緣，在囂鬧的世界沉澱安靜，給自己扭一盞燈，並盡可能借一束光給暫時黯淡的朋友。

我知道如何為人女兒，為人手足，為人妻子，就是學不來恰如其分的當一個剛剛好的朋友。人生走至此，我遺落太多太多的情誼，各式各樣，每一次都跟自己說要努力經營要把握，卻總是在一個懶散念頭蠱惑下任性丟棄，枉顧彼此曾經真心真意。友情需要經常煲溫，我卻常常讓它失溫，待想起只剩一鍋冰冷無味的懊惱。只是那些刻意的經營聯繫我勉強不來，現在往來的少數友人與我同氣味，消失一兩週或更久之後突然私訊相約吃飯，結束後回到自己的世界隨心所欲，下一回的相約不知何時。這種時而消失時而出現沒有刻意從不過問的友誼氛圍讓人舒心，你的日子不必常常有我，我的日子自己關照。

世界上沒有百分之百的惡人，面對一個殺人犯，受害者家屬認為他應該千刀萬剮，殺人犯的家屬卻不能否認他對年邁阿嬤的孝順。所有好的壞的關連建立在因緣之上，無奈卻是明明白白。走過跟社會大眾一起謾罵義憤填膺的無明階段，漸漸走到一個空，一個中間地帶，一個相對寂寞卻逐漸明朗的人生。沒有好也沒有壞，只是過程。

在荷蘭買了一條五行毯

我總是相信因緣，不管是人際關係、求職、教養、旅行或是財富。我常常覺得這個世界上很多東西也許透過努力，堅持信念可以獲得，但是也有很多東西不管多麼努力，多麼照三餐啃《祕密》，終其一生也只能反覆失望。因緣決定人生的方向盤和中途殺出的動物凶狠或溫柔，唯獨煞車可以讓我們放縱，稍事在人生的速度上隨心所欲。人生不好商量，往往只能在命運面前假裝沒個性，人永遠無法勝天，天不是老天，而是自己久遠劫來的如是因如是果。

好比說旅行，我想在義大利的佛羅倫斯淋一點詩人的雨，卻在海德堡的街頭被太陽擰出一身汗，人生不好控制，往往只能妥協，化內心的劍拔弩張為內斂，也是一種美德。

搭火車往阿姆斯特丹的中途，列車長突然廣播機械故障，乘客必須在鹿特丹換車。到達鹿特丹後，乘客依序下車，冷雨撲面，尖風刺骨，但是我們沒有抱怨，也沒想到要抱怨，天氣不是人為，無厘頭的抱怨只會俗了自己。不過人在異地，彈性比較大，包容力也雙倍，等車的時間特別慢，跟身旁的人也無話可聊，只好看人。歐洲人的臉比美國人的臉挺，歐洲人的腿比美國人的腿長，歐洲人的服裝品味香，但是歐洲人的嘴很硬，跟美國人排隊無聊就想來一段 **small talk** 很不一樣。免聊天對我是好的，我只會聊天氣，下一句是我從哪裡來，然後空氣僵住。在歐洲可以理所當然嘴硬，不用假裝好相處，把自己豎得像一面國旗冷冷的飄就行了。

重新搭上另一班火車是半小時之後，拖上行李找靠閘門的位子坐下來，驗票員來了兩位，一位臉部線條柔和，另一位不好惹的模樣，後座有位亞洲臉孔的中年婦女拿起相機想跟她們拍照，不好惹的那位拉長臉說，「這裡是歐洲。」言下之意，你的國家如何我不知道，但我確定「這裡」不是你的國家。在美國，驗票員遇到旅人要求合照通常會說好，離開前還祝旅客 **have a nice day**。那是我所習慣的美式文化，卻在歐洲行不通，我替那位亞洲婦人感到臉熱，下一秒，角色、國籍，文化、性格，快速在心中易位，如果我是那位驗票員，我並不希望旅客找我拍照，拍照是出遊心情愉快所做的事，我在工作，旁人應該懂得分辨並且尊重。列車繼續開往阿姆斯特丹，車廂氣氛輕鬆，窗外的景色稍嫌肅穆，我不斷回想驗票員身上的傲氣，很重卻不討厭，是一種養在專業之上的霸氣，頗獨善其身，頗有距離，卻也拉出了尊嚴。長久以來，我們好像被「有求必應」，「不能被拒絕」慣壞了胃口，養成一種隨時隨地可以對大眾哭訴委屈的玻璃心人類，對照驗票員和被拒絕的亞洲婦這一幕，我突然覺得害臊，好像被拒絕的是自己。

我努力在極短的時間把自己變成歐洲人，變成一個擅於拒絕而且不會感到難為情的歐洲人，適度的拒絕不僅不會讓自己變成壞人，還能給對方一個調整錯誤認知的機會。就在我變成歐洲人的十五分鐘，列車緩緩進到阿姆斯特丹的中央車站，老天爺正好拉下黃昏簾子又倒了一盆雨洗街，將阿姆斯特丹刷洗得霪霪霏霏，往來的車燈和閃爍的霓虹交錯暈染，像極聲色迷濛的紅燈區，無論怎麼看都看不清楚玻璃罩子裡的女人是妖嬈還是色情。

我們拖著行李走到車站外的計程車等待區，載我們的司機是個年輕人，開著一輛小型房車，我們的行李多到需要一輛發財車才放得下，只好跟司機道歉，同時匆促攬下一輛。由於一切的發生太過倉促，年輕司機以為我們嫌棄他的車子，臉色微慍不願離開，我們只好全部擠進車裡，然後被載去遊車河，最後被丟在離下榻民宿頗遠的另一頭，年輕司機說，這裡附近都是單行道，所以要繞路，沒辦法。我們付了十八歐元，艱辛的走了二十分鐘的石板路，雨傘禁不起雨勢澆灌都開花了。後來才知道，從車站走到我們預定的民宿只要八分鐘，知道被唬了之後，每個人的臉都很歪卻無法責怪，因為驟雨阻隔了聲線，我們的道歉他沒聽進去，他的情緒我們來不及聽。如果這是他平息怒氣的方式，我想我能夠接受。

我對荷蘭沒有所謂的事前印象，不像對佛羅倫斯的雨有一種死心塌地的執念，只要讓我淋上一瓢就能與靈感合而為一，隨時隨地神來一筆。風車、鬱金香、木頭鞋、大麻，大體是我對荷蘭的概念總和，至於運河、船屋、歪樓、咖啡、腳踏車、外語能力等豐富的文化底蘊是到了當地才認真體會。我們承租的民宿位在十七世紀環狀運河邊，兩排房子面對面站著，關於民生用品的店鋪全在同一條街，車站、大廣場、紅燈區皆在徒步二十分鐘內可到。其實阿卡原先在網路訂的民宿並不是這一幢，出發前半個月收到房東的道歉信，信中說明某些原因，先前預定的房子無法提供，改以這幢房子替代。阿卡說她收到房東的信後立刻上網看房子，沒想到收費一樣，裝潢設備竟然比前一幢高級，說完順勢模仿小S對空氣抽一口菸的欠打姿態。我們無異議接受阿卡的傲嬌而且沒有翻白眼，因為要住到平價的高級民宿需要一點機運，多虧阿卡第一次手滑才有房東後來的大失血。如果要說一點住房心得，大概是我在歐洲各國民宿經驗的第一名，它讓我感覺像回家，縱然外面下著雨，離家幾千里，但是它有一種魔法、一種家鄉磁場，類似小狗狗貪戀陽光捨不得天黑。待在屋子洗烘衣服一整個下午，一場短暫午覺醒來彷彿身在故鄉。

後來阿卡問我是不是房子太舒服捨不得離開？我想了想，是一股說不上來的熟悉感。那股熟悉感飽滿且真實，就算從此在荷蘭待下來也不會恐懼，但是明明這座城市我對它所知有限，我甚至不曉得荷蘭人如何對付偏酸的咖啡豆，使用多少刻度的壓力才能煮出一杯不酸不澀且口感綿醇的卡布奇諾。還有他們優異的語言能力。我在一家皮鞋店親眼看到一名男店員接待三組不同國家的客人，瞬間轉換英語、法語、西班牙語毫不費吹灰之力，流暢度猶如我的國、台語轉換。說到底，那是我花了大半輩子所學成果，我不曉得荷蘭的學生究竟要花多少時間把歐洲盟國的語言統統刺進語言中樞，會不會抱怨功課很多、壓力太大？

記得抵達荷蘭的第二天，我和阿卡散步到一家裝潢簡易的咖啡店吃早餐，架上有一本時尚雜誌，封面女郎五官清麗，正覺得哪兒看過，女侍剛好端上咖啡，一抬眼與她的俊臉撞上，我大叫一聲，指著雜誌對女侍說，這是妳嗎？她瞄了一眼大笑，她說希望是，很可惜不是，然後轉身用荷蘭語跟煮咖啡的人重述一遍。對當地人來說，用母語對話親切又自然，就像我在台灣，理所當然說國台語，在美國理所當然說英語，但說穿了那是母語，沒有人不會自己國家的語言。荷蘭人的語言能力超出我的想像，所謂精通五國語言的奇人異事在荷蘭只是尋常，語言是生活工具，確保他們能夠在歐盟如魚得水，外貿發展一帆風順。反觀我們的課綱與大考，多少年過去了，歷史包袱還在課本裡糾結，大考方向還在政治不確定，國家像一艘暴風雨裡的大船，船長和水手呼呼大睡，乘客有的不小心落海，有的直接跳海，杵在甲板的人失魂落魄，不知道自己是否還活著。

倘若，我是說倘若，駛船的人迷失了方向，船上的人也會跟著迷惘，而少數清醒的人只好另謀出路。站在荷蘭的土地遙念台灣，突然就溼了眼眶。

忘記哪時候在網路上讀到一則關於荷蘭皇家的新聞，新聞上說，開學季到了，荷蘭公主騎腳踏車上學去，文末還附上一張公主笑開懷的照片佐證。當時看到照片忍不住倒抽一口氣，公主的腳踏車掛著一只大而無當的粉紅色塑膠籃，尺寸、形狀跟台灣菜市場運菜、運漁貨的大型籃子十分相像，隨即我又想起國中時代騎著一輛阿公留下來的腳踏車上學，車頭掛著生鏽歪扁的鐵籃子和一顆早就燒壞的古早燈，我每天都在祈禱不要遇見熟識的人。截至目前為止，我仍舊無法忘記那輛腳踏車崩壞我的國中生涯，讓我從女孩到女人的蛻變過程留下一個擦不去的汙點。從新聞回神，我暗忖荷蘭公主出身高貴，竟然騎著一輛笑點滿分的腳踏車，更萬萬沒有想到，當初笑人的我很快就發現可笑的人其實是自己。

荷蘭的大城，阿姆斯特丹，滿坑滿谷的腳踏車，像台北滿滿的計程車，共通點是搶快、按喇叭、大爺心態。不過台灣的計程車司機搶快動線已經內建，極少數會失手撞車，阿姆斯特丹的單車騎士暢快的騎在規畫的腳踏車道上，對於闖進車道被撞的行人很少同情，如同在台灣，快車道的駕駛人常常納悶機車騎士為什麼會突然出現，還一頭撞上。我曾在一天之內目睹數起單車騎士撞傷行人的意外，不說別人，就說阿卡。那天我們一行人步行前往梵谷博物館的途中，阿卡被一輛高速駛來的單車迎面撞上，剎那間，空氣凍結，幸好阿卡天生粗壯又耐撞，拍拍身上的灰塵，沒事。撞人的荷蘭女孩表情委屈，像在抱怨，妳這位亂闖的外國人害我差點摔倒。被撞的阿卡心情壞透，吵著要回美療傷止痛。不諱言，看多行人被單車騎士撞擊的事故，我真心覺得行人的路權薄如蟬翼，就算依規矩走在斑馬線上還是得再三左右探看，除了要小心蝗蟲過境的單車，也要注意三不五時衝出的摩托車和汽車，行人只能夾縫中求生存。移民荷蘭多年的友人呷奔說我大驚小怪，台北、上海、新德里，哪一國的馬路不是老虎口？那我便明白了，荷蘭人是把腳踏車當作摩托車在騎，以迅雷不及掩耳的速度和轉彎時的優美弧線感到自豪。在同一時刻裡，行人路權始終至上的美國讓我當下備感溫暖。

暫且拋去單車騎士肇禍的頻率，單車政策其實是被多所稱讚的。荷蘭國土在歐盟圈裡屬小，為了解決壅塞交通和空氣汙染，政府鼓勵市民多多騎腳踏車，不管上下課、上下班，遛孩，到超市購物，統統由腳踏車解決，也因此激發車商發明更多不同用途的腳踏車。荷蘭學生騎腳踏車上下學是常態，大大的籃子用來放書包、教材或其他大件物品，容納空間很足，後座還會加裝防水的立體帆布袋，好應付前一刻風和日麗下一秒淒風苦雨的阿姆斯特丹雨季。台北的 U bike 很便利，使用上好像沒有十分普遍，大眾交通工具仍然是市民的最愛。我在想，如果那些必須騎摩托車上下學、上下班的學生和上班族改騎腳踏車，台北的空氣會不會變得比較清新？我想車禍的嚴重性應該會降低許多。阿卡說，習慣摩托車速度的人無法適應慢吞吞的腳踏車，那叫由奢入儉難。腳踏車取代摩托車是我個人的發夢行為，台北人講究速度和體面，穿西裝、套裝、高跟鞋、拎公事包騎腳踏車成什麼體統。不過阿姆斯特丹的街頭全是穿西裝、拎公事包、顏值很高卻騎腳踏車四處穿梭的帥哥美女，他們究竟成不成體統我不知道，但是私以為那樣的畫面一點也不突兀，反而有一種在時尚裡搭配質樸的美感。

台北小、馬路窄，車子一輛大過一輛，空汙一年比一年嚴重。政府努力挖路搭橋炸山洞，三鐵共構周邊房子直直漲，建商笑市民哭，沒有人花心思讓滿街的摩托車變少，讓空氣變好，讓腳踏車實際置入我們的生活而非僅是視覺上的市容花瓶。那是一條很遠很遠的路，在位者沒有耐心也沒有美國時間處理這麼棘手的問題，反正父母官換來換去，人民已經習慣早上吃粥、中午吃麵、晚上有時挨餓，有時宵夜一起來。雖然我遠在美國，但是台灣的一舉一動每天出現在二十二寸視窗裡，人不比較還能當鴕鳥自欺欺人，一旦有了比較才會發現，別人的國家關心的是民眾碗裡的飯七分或八分滿，而我們的國家關注的是長官家裡的碗盤漂不漂亮、貴不貴。

在阿姆斯特丹的最後一天，我們把握週末的農夫市集瞧瞧逛逛。市集沿著河岸一路下去，幾乎看不見盡頭。人家說荷蘭的食物毫無特色，就算吃一百次轉身之後立刻忘記，唯獨醃漬生魚，聽說滋味極美，我還沒敢嘗試，倒是從眾買了好幾盒炸魚，口感很像台灣鹽酥雞攤的喜相逢。逛了好一會兒，突然看到一個亞裔婦人賣毛毯，攤子上擺滿價格不一的毛牛毯，十五歐元的毯子質料塑膠感很重，四十歐元的輕盈又保暖，忍不住往肩上披，略感寒意的身子瞬間暖和起來，我不禁暗忖這玩意神奇。女老闆說，毯子上的圖樣是中國人說的金、木、水、火、土五行，有特殊意涵，披在身上會健康平安。

我忍不住笑出來，不是笑她的說法鄉愿，而是笑她如此懂我的心。

——原載二〇一六年三月號《印刻文學誌》

四分之一天的飛刑

搭機那天一時大意穿了一條破牛仔褲，兩條褲管三四個洞，冷氣不時溜進大腿磨蹭，敏感的鼻子受不了刺激，結結實實打了十來個噴嚏，還未登機，我已頭昏眼花，滿天都是星星了。從舊金山機場飛往華盛頓DC大約六小時，我無法使用任何文字來形容那六小時被壓縮在乾燥機艙內的無奈和痛苦，只能張著乾裂眼睛盯著飛行螢幕，默默計算飛越的里程，過雷諾了，丹佛也過了，然後是德州、伊利諾、維吉尼亞，當飛行高度降低的廣播聲傳來，我才能慢慢的、一點一滴回到這個嘈雜的人世感覺自己還活著。當機輪觸陸，我的靈肉才算真正合一。收起椅背匣的《地藏經》到包包，這幾年不斷承受飛行的苦刑，多虧這本書讓我不至於忘了如何呼吸，忘了肉身如何脆弱。

我並非懼怕飛行，而是害怕在狹隘空間裡，灰塵般的心事都會被顯微成一塊塊巨形磚頭，不得不與自己的軟弱面面相覷。在擁擠的機艙內，心事過於貼近，近得讓人無法喘息，那些素日裡藏得極深的道德瑕疵、人性黑暗面，都在逼仄的空間被迫攤開、檢討和面對，旅行的情緒如火山雲，擦過的瞬間便灰頭土臉了。那種窒息感無法停止也無法暫停，只能等待落地之後的戛然而止。人生最大的痛苦就是對一切的痛苦毫無招架之力。

丈夫不曾患過飛行沮喪，一副高級耳機、一台 i Pod、幾首古典音樂就能讓他在機艙裡泰然自若，醒著看電影、喝一點果汁、解幾次小便，累了閉目小寐，睡睡醒醒之間目的地就到了。他的個性持重我無法企及，只能暗自欽羨他上輩子或許沒有扮鬼嚇人，沒有昧著良心害人，沒有偷斤竊兩，堅持銀貨兩訖。人生至此，我終於相信那些睡眠無障礙，不會老是跟自己的良心糾糾纏纏的人肯定是外星人投胎，只要是人，肉體枯了之後靈魂會往下一具軀體住世，所來徑可追溯至天地玄黃，而外星人的前世大概就一塊石頭，與這個星球沒有撕心裂肺的關連，也就活得比較從容，只能往這個方向想。

抵達 Dulles 機場，站上手扶電梯一路蜿蜒，循著天花板的路徑指標左彎右拐，最後來到一排透明壓克力門前，門後一列車廂匍匐進站了，那瞬間以為回到了台北，車門嗶嗶剝剝開啟，台北畫面碎了一地。

車廂旅人三三兩兩，西裝筆挺的中年男人拉著行李箱占了角落位置滑手機，翡子理得十分清爽，一名衣衫單薄的年輕女孩靠著桿聽音樂，表情寧靜，嗅不出要回家還是要離家的氣息。還有幾名與我們一同搭紅眼班機風塵僕僕的旅客滿臉油光、渾身疲憊，坐在椅子上累得連呼吸都覺得好負擔。數分鐘之後，我們來到行李轉盤區，行李到手剛好把夜給熬得乾乾淨淨，蓬頭垢面的走到機場外面等待一縷可能的曙光，毛毛剛好傳訊告知姑姑與姑丈正在接機的路上。等待的片刻抬眼望了天，化不開的濁，空氣泌著一股溼潤氣息，遠方高速公路的車頭燈南北呼嘯，彷彿森林裡舞動的螢火蟲，更像瞎黑礦坑中，誰人頭上的探照燈，我的方向是我的，你的方向是你的，交會只是不經意。十分鐘後一輛黑色休旅車朝我們靠近，姑姑拉下車窗揮手，天空霎時露出一綴金橘，炫麗如貓眼，為凜冽的早晨寫下一首熾熱的無名詩。我們將行李搬進後車廂上車，姑丈重新駛上高速公路，丈夫忙不迭與老人家閒話家常，我頭痛欲裂，時不時搭話，窗外景色一鏡貧乏，姑姑從後視鏡瞥見我按著額頭表情可想像的猙獰，從皮包掏出兩顆阿斯匹靈要我吞了，才一會兒時間藥效便發作，睡意一陣一陣襲來，車子走走停停，聊天的聲音逐漸隱晦在意識之外。我看見自己坐在機艙裡，身邊的丈夫看著一部不知名的電影，一名高頭大馬的空服員托著果汁盤走來走去，最後在我座位旁停住，冷不防抽走椅背匣的《地藏經》，用教訓的口吻對我說，這裡是美國，中文書不允許上飛機。我就醒了。

晚上，一行人到小鎮上的大排檔用餐，席間姑姑抱怨小孩長大了不在身邊，兩個老人整日在家無所事事，去一趟超市都要仔細盤算清單，星期一買魚、星期二買肉、星期三買水果，若是一時大意多買了幾樣，隔天就少了出門的理由。毛毛任職聯合國，長期不在家，五千平方呎的房子用來堆光陰的屑，姑姑與姑丈一年飛來住個半年又飛走，灰塵大張旗鼓布局一百八十天，直到毛毛返家，撞破那不動聲色的襲捲。毛毛熱愛工作，喜歡自助旅行，人生最大的心願就是走遍世界，過著無拘無束的生活，房子對她而言是累贅。不過毛毛是個孝順的女兒，父母在美期間盡可能停止出差，每日準時上下班，除非上頭緊急任務派下，一出門就是個把月，中間想回來探個頭也是奢望。席間，大家熱情聊工作、退休、投資和旅行，我腦子還有時差餘毒插不上嘴，念頭一轉想到了家人，想到勞苦半輩子晚年獨居的母親，永遠為工作奔忙的哥哥和弟弟，還有終日忙得暈頭轉向失去自我的姊姊，以及遠嫁他國不能承歡膝下的自己。我怎麼也釐不清人生究竟瞎忙什麼，繞著一個自以為重要的任務空轉，轉一輩子，享受了旁人的讚美也肯定自己的奮鬥價值，可是為什麼夜闌人靜床頭邊上的嗟嘆聲會如此響徹耳畔？若人生的矛盾有解藥，要到何時才能取得並且獲得解脫？

姑丈招來服務員，補點了一道三拼，他說飯桌上一定要有這道菜色一天才算圓滿。姑丈年屆七旬，是一個世事看得挺透的人，喜歡用吃來滿足平淡的日常，期許自己的人生就這樣平鋪直敘到盡頭。這是姑丈與姑姑對日常幸福的演繹，依自己的喜好過日子，如果哪裡走錯了，犯了健康上的錯誤，那就睜一隻眼閉一隻眼，把錯誤走成心安理得。人生怎麼可能沒有缺憾，但是缺憾也是人生的一部分，拿不掉就當作成長過程的傷疤，姑丈如是說。我記得父親往生未久，母親的日子陷入絕望而蒼白的安靜，沒了父親的嘮叨聲，她找不到存在感，沒了與父親愛恨消長的對立，她的力氣就這樣逐日逐夜萎靡了。母親不是一個輕巧看待世事的人，她有很多的禁忌，很多的親情包袱，性格膽怯易慌張，看不見的未來綁住了她的手腳，也因此困住了我。

回程路上已過七點，燈火打亮筆直公路也為天空繁忙的飛機導航，毛毛說，七點一刻，交通就順了，下班的車潮已到家，上晚班的人還沒出發，那是公路的空窗期，只有滿山遍野的月色和大街小巷的風。Radio突然傳來熟悉的曲子，毛毛跟著哼，聽到第三句才知道是 Luther Vandross 的〈Dance With My Father〉，我不敢看身旁的丈夫，這首歌是他的禁曲，聽了總要在心頭流淚。我讀過公公早年寫給丈夫的家書，字裡行間是淚海鋪成的潮汐，堂堂六呎警官卻在一封家書面前軟弱不已。據我所知，公公年過半百才擁有這個小兒子，小兒子卻在十五歲去國就讀，父子間的情分產生斷層，再也回不去那些年層層疊疊的父子情深。車內沉重的氛圍讓人窒息，轉向窗外，閃爍星子在遙遠的山頭小心翼翼，像幾枚蟄伏的獸眼意欲狂奔而下，深邃的夜已濃成了墨。

洗完澡下樓，見每個人持鬆散姿態各窩一角，先生在小客廳看古裝劇，毛毛在大客廳上網，姑丈窩在 sunroom 讀報紙，姑姑在廚房整理大排檔帶回來的剩菜，整幢屋子除了翻閱報紙的窸窣聲和連續劇高低起伏的對白，再也無他。每個人都需要一段獨處的時光，需要做一點無意義的小事消化沉澱一日的累積，我在樓上洗了一場三十分鐘的熱水澡，也在那三十分鐘放空，將滿滿的情緒洩入排水孔，以應付接踵而來的人情世故。我挨到先生旁坐下，劇情來到緊張詭異的節奏上，吳秀波的古裝扮相多了淘氣和慧黠，就算因應劇情必須滿目殺氣，還是少了一份狠勁。話說回來，吳秀波是我挺欣賞的男演員，報章媒體曾說他四十歲由黑翻紅，若報導屬實，老天爺對他算是挺照顧的，經歷不少年跌跌撞撞，有一頓沒一頓的困頓，總還是明白水滿則溢，月圓則虧的道理。吳秀波光華內斂、華而不張，如斯氣質在中國演藝圈少有，當然這純粹是個人觀點，不認同的人千萬不要與我爭論，人生要緊的事還很多。

我陪先生看劇到凌晨，回到大客廳，毛毛已經不在沙發上，姑丈看過的報紙摺疊得一絲不苟，廚房流理檯一滴水漬都沒有，樓上靜悄悄，許都睡沉了。關掉電視，跟先生一前一後躡足上樓，他走到第二間睡房，我走到第三間，在外的日子我們有默契各睡各的，就算訂旅館也是一間房兩張床，夫妻關係留些空白總是好的，留白是兩性關係裡彌足珍貴的資產，更是一門藝術。這個結論是這幾年與先生時而相敬如賓、時而針鋒相對所悟出的道理，簡單的說，不擠就不磕碰，你的牙咬不到他人的舌。

美東時間與台灣差了整整十二小時，凌晨十二點整，台灣剛好日正當中，揉揉鬆弛的眼皮，打開監視器，看見母親坐在客廳沙發吃飯配電視，偌大客廳只有她一個小小身影，家具就像無聲室友，電視機是老萊子。尋常日子，她一個人吃飯，一個人看電視，一個人出門購物，我曾鬧著說要幫她找男朋友作伴，她笑罵我三八阿花。打開Line 撥了一通免費電話到台灣，從監視器中看見她手忙腳亂翻皮包找手機，聽見是我，語氣責備的說，三更半夜了還不睡？我說我在美東，十二點而已。我問她吃什麼，她說跟素食館叫便當，苦瓜炒得脆，豆皮微酸，白飯太硬，把便當菜色交代得很完整。我們閒話家常二十多分鐘，連續劇已經播完接著播新聞，母親說完便當接著說鄰居，兩個頻道沒有交集卻也並行不悖。聊到沒什麼好聊了，母親收拾餐具說要去午睡。收線之後，我又盯著監視器一會兒，見她站在門口張望，像在等誰，一會兒坐回沙發，撈了兩顆枕頭調整睡姿小盹去了。冷氣強，她忘了拉條薄毯蓋住肚腹，然而也沒有誰可以幫她。關掉床頭燈，這個社區靜得連羽毛落地都一清二楚，眼皮很重，意識還在奔流，監視器裡母親的身影在我腦海不停播放，像誰在我的心湖丟擲石頭，漣漪陣陣不停湧向暗處。

時差在午夜下了藥，一覺醒來已近中午，亮晃晃的陽光像刀片，直直射入窗簾隙縫將床上的我切割成粗細不一的人型條碼，另一面牆像斑馬。下樓瞥見餐桌上放著一個便當盒，姑姑聽見腳步聲，從洗衣房探頭，指著桌上的便當說，餓了拿去微波就可以吃了。中午十二點四十五分，一日已過一半，睡那麼久，連個夢渣也想不起來，入睡到醒來的那一段記憶彷彿被摘除，不復存在。突然想起一份國外研究報告，它說人體大腦具有保護機制，會自動過濾傷害人體的記憶，有些人容易忘東忘西，代表腦組織剔除最占容量、最不重要，或是最難以承受的記憶事件，以保護當事人在事件過後能夠正常過日子。我想不起來昨晚的夢境，卻仍記得昨夜睡前母親孤獨的背影，如果這份研究報告結論是正確的，那麼我願意相信是守護神的貼心，阻撓了這份糾結進入我的大腦，守護我的靈魂暫且免去親情內疚。

姑姑從洗衣房出來，提著一籃烘乾的衣物上樓，同一時間先生與姑丈一前一後從車庫進入屋裡，姑丈手上抱著一台姑姑指定的咖啡機，表情很是興奮。先生拎了一袋食物，將客廳刷得香氣四溢，走近我討好的說，回程路上經過一間韓式炸雞店，銜著香味經過的人沒有不停下腳步的，他跟姑丈被香味給釣了進去，當場點了十隻雞腿、三隻烤小卷、一盒章魚燒和一盒泡菜。韓式烤雞色香味誘人，先生忍不住徒手抓了雞翅啃起來，邊啃邊解釋因為知道老婆特別喜歡吃韓式烤雞才買這麼多，只要老婆喜歡的買再多都沒關係。姑丈在一旁笑而不語，抱走咖啡機到一呎之遙的 sunroom 組裝，終究忍不住講了一句話，「男人活得久，都是因為懂得在嘴邊養螞蟻。」我噗嗤笑出來，笑姑丈言中有藝術，兩個不同世代的男人睿智地展現生存法則在一台咖啡機和一袋烤雞上。

坐在飯廳盤腿啃雞腿喝可樂，享受食物的 moment 彷彿天上人間。姑丈聚精會神組裝咖啡機同時跟一旁的先生講解咖啡機的功用，手勢和口條十分俐落到位。姑丈說姑姑嗜咖啡如命，咖啡機是她的續命丸，這幾個月在他耳邊嘀咕那台老舊咖啡機多落漆就有多落漆，這回總算不負使命買到喜歡的品牌。姑丈正色的說，老婆的喜好就是他的喜好，金錢可以處理的事都是小事，都是生命的枝微末節。我想這應該是姑丈至今仍然活得出色、活得精彩的祕方，只要安靜就可以圖個清淨，就當作耳朵寄宿在外，幾年下來修練成「無我」的境界，也就是佛家說的「空」。先生離「空」還有好長一段路要走，年輕人自負加上典型金牛座，不要說空，一頓牛脾氣就刷滿了存在感，「空」對他來說是變相的逃避。此為朽木難雕之活例。

夜晚的後院微涼，星斗滿天，周邊的鄰居大都任公職，上下班固定，夜生活也固定，六點開飯，七點在後院閒話家常，十點熄燈睡覺，偶有幾戶窗簾沒拉緊，覷見男女主人坐在沙發觀賞影集的微甜浪漫。一天二十四小時，格林威治掌握全人類的時區作息，而個人的生理時區則不盡相同，有些人喜歡熬夜看劇寫稿，有些人沒睡到日上三竿會厭世，有些人超過晚上十一點睡覺會憂鬱，我們都在宇宙時區裡依著自己的調頻，有點像天上一天，凡間一年那種概念，凡人永遠無法翻山越嶺，掌握仙人的步驟，只能在有限的生命長度裡盡可能隨心所欲。更晚一些，周圍的房子全暗了，姑姑和姑丈八點未到便上樓為長夜漫漫煲瞌睡蟲，毛毛參加朋友的派對還未返家，先生窩在小客廳小酌紅酒配起士，微醺慵懶，他陪著我，我陪著他；他在屋內，我在屋外，各自的生理時區裡有個角落靜靜的重疊。

我喜歡一個人走過安靜的夜，一塊院子或一方陽台任意乘載波濤洶湧的小情緒，可與風流的夜色相濡以沫，心事任由星子窺伺，對月亮坦誠自己的脆弱，還有偶然畫過天際的流星目睹了放肆在風中的淚忽喜忽悲。先生突然打開後院紗門說，那個紅眼班機僅此一次就好，我連聲應好，當然好。他知道我愛孤獨，與上百乘客共享窒息的夜是煎熬，我忍不住去想一個月後搭紅眼班機回程的飛刑苦難，一分鐘都讓人脆弱。

——原載二〇一八年二月號《印刻文學誌》

祂的決定

疊一・菩薩說的。

對從小在鄉間冶遊長大的我來說，念書升學其實不是那麼重要，過慣無拘無束的小日子，教室的正經與嚴苛嚴重束縛了我的思維，我的快樂從此在黑板上蒙了陰影，那是成長的開始。成長伴隨著疼痛，越來越多的不由自主、矛盾，以及言不由衷。我欣賞看天吃飯的莊稼漢，他們的書沒有字，具體思維在文盲與哲學家之間拿捏、談笑風生，人生這本冊，所有的道理皆以四季當墨，蘸汗水，用四肢與天地比畫而已。知識份子強加的注解與詮釋都只是事後究竟，畫蛇添足罷了。

不得不承認，因為生性厭惡受拘束，以至於上了學，教室陰影面積高達百分之九十，渾渾噩噩完成義務教育，往後的升學完全瞎貓碰上死耗子，專走免試的推甄捷徑入了兩個研究所，我常說，那是老天爺的眷顧與賜與，跟我個人的努力沒有太大相關。進一步說，投入文學領域，更是一場奇蹟，那時候心中無框架，只確定研究所畢業不想當職校老師，與半大不小的孩子混到老，卻不知道自己要什麼，能做什麼？某一個假日早上，老母從外面回來，手上提著包子豆漿閃進廚房，我坐在沙發上看重播連續劇，百無聊賴。老母端出一碗豆漿給我，說，「喂，那嘸，汝寫文章看覓？」我用不可思議的眼神看她，我老母，六年國民學校只讀了第一年和最後一年，中間四年泡在農田裡，畢業證書是看外公臉面勉強頒發的，大字不識兩個，卻叫我去寫文章，我嚴重懷疑她的天眼被路過的神明打開，看到不應該看的東西。她冷不防又說，「是菩薩跟我說的，祂說妳可以寫文章，而且可以出書。」我站起來將豆漿一口飲盡，翻了個任性的小白眼直接上樓。

躺在床上，我回想國中三年級的某一堂數學課，老師一手拿著我的二十三分試卷，一手拿著木製的圓規尺叫我把手伸直，圓規尺重重落下前說了一句話，「吳柳蓓，如果妳的數學成績有國文成績好，我今天也不用打妳了。」說完，圓規尺結結實實落在我的掌心三十七下，掌心瞬間熠了火，像烙刑。我心想，老師再怎麼打也沒用，聽不懂是與生俱來的「天分」，反正我的教室陰影面積已經力透紙背，就賞他打到畢業吧。老母沒頭沒腦的一句話讓我對未來霎時樂觀了起來，我上網找尋出書資訊，幾乎一面倒說要三大報的文學獎加持才有機會，再不，除非擁有張愛玲與眾不同的才思（誰是張愛玲我一無所知），否則乾脆自費出版免求人。

假期結束，搭車返回嘉義，當下決定利用蝸居宿舍寫論文的最後一年開始我的出書遠景。那些日子裡，我瘋狂買書、讀書，兼跑論文程式，眼睛使用過度疼痛難耐也阻止不了對出版的渴望。閉關一年，我足足寫滿九萬字，論文也如期遞繳，碩士學位到手，那是二〇〇七年。畢業照拍完了，同學陸續辦理離校手續，我思量了幾天，拿出九萬字「處女作」打算當作年底推甄文學研究所的作品，很幸運的如願上榜。入學後，人生中最忙碌最無喘息的寫字歲月也正式啟幕。

疊二・妙哉馬華暨其他。

校園位在半山腰，文學院建築仿古，無盡意的禪思穿梭在石板甬道，在垂柳的腰間撩撥風情，也在宜古宜今的藏書樓凝練慧命，心事百般透光，與我眉心的俗事格格不入。古籍經典泰然自若，幾千年來遺世而獨立，我因為一個說法，一種窺伺的慾望而投身其中，於我而言，好奇心勝過一切，欲知箇中深淺，只有獨自深究方知。只是裝文學人也得裝得七分像，進了文學研究所，我決定到大學部修習《中國思想史》與《中國文學史》兩個科目，稍事充電充電，沒想到五千年的文思竟成了我書寫時的絕佳養分，文字精銳寓意甚深，一次又一次衝破我內心深處時而紛亂時而低落的困境，也感受遠方或已逝的陌生人的悲傷與快樂，從文字感同身受，除了窺伺，是更多的相濡以沫，決定了我這生的義無反顧。

那時的我三天兩頭騎車到民雄鎮上唯一的書局翻書，一有新書，立刻買下，宿舍的小書櫃禁不起重量而崩塌，只好將書堆疊在地上，一、兩年下來，已長成與我一般高。書寫初期，筆路乾澀，情緒尷尬，某一次在台中金石堂買到一本書，作者是鍾怡雯，裡頭一文〈垂釣睡眠〉讓我枯竭的靈感有如大旱逢甘霖，擾人的蚊子穿上華麗詞藻在字裡行間神氣活現，戲謔性與畫面感十足。於是乎，我開始「專攻」鍾怡雯，她的出版物一本一本進駐書櫃，她是我文青初期的第一偶像，我耽溺這種帶有爪牙色彩的文字久久。當時迷戀馬華散文，方娥真、溫瑞安、商晚筠、陳大為、黎紫書等人著作一併入庫，觸類旁通到對岸已逝作家蕭紅的文字，特別是《呼蘭河傳》，文字輕淺、情感濃烈，讓我日日深陷其中無法安眠。因為特別喜歡散文，當時一口氣領略不少台灣作家不同層次的品味，比如琦君的溫潤、林文月的嚴謹、簡媜的藝術、洪醒夫的草根、吳晟的鄉土、阿盛的情義、蔣勳的美學，以及宇文正的真摯清麗，一絲一縷、一點一滴陪伴我冗長的書寫歲月不覺得寂寞。而其實書寫的孤寂與我原本的性情相扞格，在文學的世界裡，我盡情享受了與典籍互為知己的樂趣，便從那時愛上有質感的孤獨直到現在。認真研讀了兩年，終於完成文學研究所的學分，論文題目與教授討論之後，決定以馬華作家作品為研究內容，算是從一而終的愛戀。

疊三・無盡的奔波。

提筆之初，我便決定出書，肯定要出書，縱然名不見經傳，屬於半路出家，且毫無名人加持，我仍然執拗，一步一步走向作家之路。宿舍是我安全的窩，沒有訪客來擾，白天到學校上課，晚上搭車到朴子教書，假日或沒有課時，閱讀和寫字占據了所有時間，彼時也積極投稿各大報，退稿二、三十篇，採用也許一篇，自信心越挫越勇，臉皮的張力也越來越厚實勃發。我永遠記得首篇稿件被華副採用，主編羊憶玫的回覆多是鼓勵，儘管我寫得並不理想，她仍然願意在「堪用」的範圍裡為我發表，如若當時沒有她的「試用」，我恐怕不會是現在的我。文青少作在華副一篇一篇發表，每月寄來的稿費匯票存起來，半年後一次提領，那筆錢不多不少，剛好足夠繳房租，至於研究所的學費和生活費，便由在大學夜間部當講師的鐘點費一點一滴累積。

日子忙得天昏地暗，離出書的夢想卻還有一大截，為了夢想早日實現，為了再實際不過的五斗米，我向文學獎靠攏，得了獎，優渥獎金使我不用為下半年的房租傷腦筋，知名度助我往出書的理想更邁進一步，文學獎的設立給了我一線生機。在散文的世界裡，我尋找替身，替身讓我免於被窺探，讓我能夠將一樁曾經發生的事拐彎抹角不疾不徐的說出來而不涉險境，在我的文章裡，你、我、他，從來都是替身。人生酬業，美夢成真也是業力成熟的一種，從此筆耕不輟，反而與真實世界疏離了幾分。話說回來，老天爺厚待，在陪榜幾個地方文學獎之後終於獲獎，累積了幾年實力，在二〇〇八年獲得青年文學獎的出版機會，隔年，二〇〇九年，重新增修訂，得到遠景出版社的青睞，首部散文集《裁情女子爵士樂》正式出版。祂說得沒錯，我真的出書了，這個夢想起因於祂的一個說法，成就於我的好奇心，最後明白萬法隨因緣，放下名利的虛實，謹慎追尋形而上的無我之境。當不知道說什麼的時候，選擇不說是智慧；當不知道寫什麼的時候，不寫是修練。這個世界，說得太多寫得太雜，而聽的人讀的人多半遺失了眼睛和耳朵。

對我來說，個人的志向沒什麼偉大，偉大在於追求的過程中，那股堅持與毅力，當一名作家沒什麼了不起，了不起之處在於是否曾經以溫暖正向的文字紓解了他人的困頓與難題。作家只是一個職業，跟廚師、司機、上班族、公務員沒有兩樣，皆在各自的專業範圍為眾人服務。筆耕至此，十二年倏忽而過，在北美國度深居簡出，每個月兩篇專欄是我與台灣唯一的公共聯繫，如果說，書寫與閱讀為我帶來了什麼？應該是放下主觀，縮小自我，還有對陌生人、陌生立場一逕的客觀。

——原載於二〇一九年一月號《印刻文學誌》

褪去華麗外衣的moment

生命令人驚嘆，生命歷程更像一場冗長的魔術表演，一個錯手、一個轉身，或是一個看似不經意的接觸或碰撞，人生方向便驟然轉彎，可能從此變得更好，也可能變得更壞，端視撞見的人事物是債主還是恩客。一切都是命中注定，是久遠劫來的因緣掌握著生命的細節，凡夫俗子在各自因緣裡成長、奮鬥、攀爬、墜落，繼續完成或未完成上輩子寫得一場糊塗的功課。

台灣有個知名紫微斗數專家時常在命理節目談論藝人的命盤，記得在某一次節目中，專家說事業宮有紫微星加破軍星的人，做任何事都能成功，原因是「堅持到底」。這說法引起我的好奇心，馬上打開電腦輸入生辰八字，果不其然，打死不退的性格應證了專家解析的「堅持到底」。在我的觀念裡，一旦決定下海，便不考慮回頭路，頭都洗了怎能不剃呢？同等心態展現在成為文青這件事，決定成為什麼便是什麼，埋頭苦幹堅持到底，半途而廢不在雄心壯志的字典裡。

二十八歲那年意外成為年紀有點大的文青，如果說接觸文學是一場遲來的意外，那麼成為作家只是恰恰發揮了紫微加破軍的威力，彰顯性格中打死不退的基因，放在其他產業，應該也是如此。想起國中一年級的某堂國文課，老師要求全班同班寫作文，我記得當時寫了外公的腳踏車，下筆順風順水，三十分鐘便交上去了。那一篇作文算得上是我的人生首篇，因為老師給了我九十五分的高分，還當著全班同學面前將我的文章念得抑揚頓挫、鏗鏘有力。老師是山東人，一板一眼的腔調惹得全班哈哈大笑，笑聲掩過我的害羞與慌張，對同學而言，那篇文章究竟寫了什麼好像也不重要了。事後回想當時的下筆心情，只能用「有如神助」來形容，當題目落下，通篇靈魂也就水到渠成，只需慢慢拼湊成章。不過那只是一個十三歲女孩初嘗成功滋味的微薄感受，有些羞澀、有些惶恐，而且只存在當下那一刻，並未被持續性的看重與鼓勵，沒有人認為「擅長文字」算得上是一種能力，至少當時檯面上被推崇的人物皆非文字起家。因此，我也不認為擅長文字是一件對的事，它被排在數學、英文、理化、自然科學各類科目之後，可有可無，當時的文學（國文）是這樣被對待的，或者說，我的能力在「集體學校思維」下被理所當然的冷落了。

縱然如此，我還是覺得自己非常幸運，雖然與數字格格不入，老天爺補償了我這種天生敏感的人一個安身之處，更大方賜予我一座文字碉堡自得其樂。

年輕的時候，對文字充滿巨大的想望，荒廢了交際也無所謂，一心沉醉文學，世俗的委屈、現實的難堪、生活的困頓，都能從文學中找到抑制的良方，獲得救贖。現在想想，頗覺有趣，世界上任何東西之所以能夠拿來作為撫慰工具本是自己先凝結了一堆痛來傷自己，與誰都過不去，只好對外尋求袪傷解瘀的藥方（如文學），忽略了不去煉傷自然無需止痛。但是以前怎麼會懂？怎麼會認為傷痛是自己找來的，怎麼會知道「一切唯心造」其實就是自討苦吃的另一層意思？只盼望在最痛不欲生的時刻有一個人、一本書、一段文字，或是一句話讓我們走出困境，給我們大口呼吸的勇氣與希望。我們沒有看山不是山、見水亦非水的智慧，連高僧大德也必須透過經文一句一偈、衲履足跡，把紅塵走得一乾二淨之後才發現紅塵的盡頭是空性。

反芻過往，文青時代欠缺磨練與智慧，只有依靠文字增廣見聞，寄予未來無遠弗屆的想像，交換不同層級不同世代的價值觀與思辯能力，慢慢形塑出真實的「我」的模樣。在成為一個作家的路上，我常常於靜謐的夜晚逸入各類作家的字裡行間嗅著自己的心事躑躅迂迴，更多時候是無能為力的，弦月邊上，暗自啜飲他國、他城、他人的文明一整宿，找出模稜兩可的經驗振奮靈魂、憂傷靈魂，待夜的頭紗悄然褪去，黎明出落得標致，便逐漸擺脫坐困愁城的滋味。

年輕時候的智慧可能淺薄了些，勇氣倒是十分驚人，都說人不輕狂枉少年，不管處於任何逆境，都相信自己可以擺平一切，輕易越過那些考驗與關卡。文青初期對文學的認知除了增色眼界，其實也在追逐更高的知名度，更豐厚的獎金令使生活無虞，所以整天埋頭推敲文字的細緻度與驚豔度，一心一意打造所謂的「體」，數量累積多了，輪廓漸顯，於是被歸類在抒情範疇，說是情感濃郁、文字清麗，走閨秀風。那時心急，一心想要創作超越閨秀體的文字「震驚」自己和同行，立求獨樹一幟。走得急就沒心思處理比文字還要重要的文魂，在操弄文字技巧外，疏忽了內心真實的聲音；過於重視文字賣相，悖離了我手寫我心的初衷，基本上，寫你心寫他心比寫我心來得輕鬆，因為無需自掘太深。某一個階段，我很常寫朋友家人的喜怒哀樂恩怨情仇，將朋友家人的心情複刻成自己的心情投稿或參加比賽，讀者的感動與共鳴好像與我無關，我彷彿是連續劇片頭曲出現的飾演者，真正的我掩身在螢幕後面跟著痛哭流涕，終究不願意認真好好演一場。我習慣隱藏自己，所以對於外界的評價只在乎是不是如我內心所期盼的論述，如果不是，那就淡然處之；如果是，那便正中下懷，總之不管是我個人還是我的作品，在特意隱藏下，評價終歸是他人眼光，不是真正的我。真正的我又怎麼會讓人輕易解讀呢？

那段「扮演」的日子走久了，有一天突然膩了乏了，打從心裡不想再參加比賽，報刊雜誌也投得少了，只剩零星邀稿持續著。那時我移居美國不久，生活模式驟變，忙著適應與融入，對文字的愛戀只剩初始的五分之一，熱情盡失，好像從此不寫了也無所謂。那時我更相信用眼睛讀世界，讀過就紋進心裡，不一定透過文字刻畫才顯真實，那是我擺脫文青的開始，只想完完全全做一個新住民，一個徹頭徹尾、沒有過往文字包袱的素人。兩年後的某一天，簡白先生突然來信，問我是否有意接《三少四壯》專欄，當下非常意外，開心與疑惑同時襲來，開心的是台灣文壇記得我；更大的疑慮是，我該寫些什麼？

接下專欄後，我拋掉過往美兮兮憐兮兮不堪一擊的青瘦文體，將這些年在美國觀察的社會現象、台美文化以最淺顯易懂的文字與讀者對話，文魂當道，賣相放兩旁，是我對當下社會現象最真實的不平之鳴，不吐不快。我必須感謝，因為整整一年的訓練，讓我找回了自己，也擺脫了自己，做到我手寫我心，不再左閃右躲，貪寫家人朋友的故事來溫暖自己凌虐自己。也許是因為我遠離了台灣，在美國這塊土地足夠隨心所欲，性格裡的彆扭與陰暗都可以攤在加州陽光下曝曬無需避諱什麼。總而言之，「褪去華麗外衣的moment」是特意修飾過的詞兒，直白的講叫摘去面具，讓自己在任何時刻任何情境都能夠活得真實自在，而且不管有無文學相伴。

——原載二〇一九年八月號《印刻文學誌》

九歌文庫 1320

廚房涼涼・在書房燒煮日常

國家圖書館出版品預行編目（CIP）資料

廚房涼涼・在書房燒煮日常 / 吳柳蓓著 . -- 初版 .
-- 臺北市 : 九歌 , 2020.01
面； 公分 . -- (九歌文庫 ; 1320)
ISBN 978-986-450-274-5(平裝)
863.55 108021144

作　　者——吳柳蓓
責任編輯——鍾欣純
創 辦 人——蔡文甫
發 行 人——蔡澤玉
出　　版——九歌出版社有限公司
臺北市 105 八德路 3 段 12 巷 57 弄 40 號
電話／02-25776564・傳真／02-25789205
郵政劃撥／0112295-1

九歌文學網　www.chiuko.com.tw

印　　刷——晨捷印製股份有限公司
法律顧問——龍躍天律師・蕭雄淋律師・董安丹律師
初　　版——2020 年 1 月
定　　價——320 元
書　　號——F1320
I S B N——978-986-450-274-5